秘密への跳躍

怪異名所巡り５

赤川次郎

集英社文庫

イラスト／南Q太
デザイン／小林満

SUZUME BUS

目次

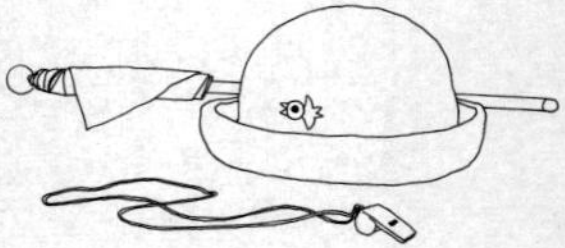

秘密への跳躍

怪異名所巡り5

秘密への跳躍

1　ジャンプ

「おーい！」

ずっと遠くから声が聞こえて来る。

「早くしろ！　いつまでグズグズしてんだよ！」

笑い声が聞こえる。

「もう十五分たってんだぜ」

と、すぐ後ろでディレクターが笑いをかみ殺している。「いい加減、思い切って飛べよ」

「ちょっと——もうちょっと待って下さい！」

小太郎《こたろう》の声は上ずっていた。「あと一分。——ね、一分ちょうど」

「そう言ってる間に、もう五秒たったよ」

「あの——風、強いですけど、大丈夫ですかね」

と、小太郎は言った。「風に吹かれて、それる、なんてことは……」

「そんなわけないだろ」

ディレクターの返事は、よく考えてのものではなかった。「ほら、ビデオ、ずっと回ってんだぞ」

小太郎は一歩前に出た。

その先、五十センチはもう何もない。空間である。

そして五十メートル下では、急流が白く泡立って流れている。

山間《やまあい》の渓谷は、もう大分紅葉している。

この吊橋は新しいもので、スチール製。ワイヤーがピンと張って橋の重量を支えていた。——しかし、高い所の苦手な人間なら、覗《のぞ》き込むのさえ怖いかもしれない。

どうしてだ？——小太郎は全身汗だくだった。

どうして俺《おれ》がこんな所から飛び下りなきゃいけないんだ？

〈恐怖のバンジージャンプ！　急流へ突っ込む！〉

番組のタイトルからいえば、小太郎が怯《おび》えているのは正《まさ》に「狙い通り」なのだ。

橋の手すり越しに作られた飛び込み台の上で、小太郎は震えていた。

「おい！　もう一分たったぞ！」

と、ディレクターが怒鳴る。「押してやろうか？」

「いいです！　やめて下さい！」

ほとんど悲鳴である。

「じゃ早くしろ」

どうして俺が？　――答えは簡単だ。俺が売れていない芸人だからだ。

〈小太郎〉は芸名で、本名は小田太郎《おだたろう》。

〈ボス〉である武川《たけかわ》の、

「短く縮めて〈小太郎〉にしろ」

という、ひと言で決ったのだった。

その武川は、今やお笑い界の大物だ。むろん、自分はこんな危い真似《まね》などしない。

今はこの吊橋のたもとで、子分たちに囲まれ、小太郎が震えているのを笑いながら見物しているのである。

小太郎は決して若くない。もう四十二歳で、ボスの武川と比べても三つ若いだけだ。

本当なら、こんな吊橋からのバンジージャンプなんて、もっと若くて元気のあるタレントがやればいい。

しかし、もう中年で、髪も薄くなり、いかにも「貧乏くさくて惨《みじ》めな」小太郎がやるからこそ面白いのである。――当人にとってはむろん別だが。

――そうだ。

いくらＴＶ局だって、無名の芸人でも死なせたりしないだろう。安全はちゃんと確認されているはずだ。

稼がなければ……。そうだ。文乃《ふみの》のためにも。

小太郎は大きく息を吸い込んで、

「行きます」

と言った。


「何やってるのかしら？」

と、遠藤真由美《えんどうまゆみ》が足を止めた。

「TVの収録みたいね」

町田藍《まちだあい》は、その吊橋の辺《あた》りに人が固まっているのを見て、「ここで待ってて下さい。どれくらいかかるのか、訊《き》いて来ます」

と、引き連れてきたバスツアーの客たちに言った。

「私も行く！」

と、高校生の「常連客」、真由美も藍について来た。

「そうくると思った」

と、藍も笑うしかない。

〈はと〉とは違って、弱小バス会社の〈すずめバス〉のバスガイド、町田藍。

今日は珍しく「幽霊がらみ」でない、普通の〈紅葉ツアー〉である。

もっとも、藍がつくことで、

「何か出るかもしれない」

と期待する客が少なくないのも事実である。

人一倍霊感の強い町田藍は、当人の意志と関係なく幽霊に呼ばれてしまうことがあるのだ。

でも今日は……。いくら何でも、紅葉と幽霊の取り合せは聞いたことがない……。

「ＴＶの収録中です」

と、ＡＤらしい若者が二人を止めた。

「ツアーのガイドです。この吊橋を通らなきゃいけないんですが……」

「収録、すむまで待って下さい」

「どれくらいかかるんですか？」

「さあ……」

と、ＡＤは首をかしげ、「あの人が飛び下りてくれりゃ終るんですが」

藍は、吊橋へ目をやって、初めて状況を理解した。

「この橋から飛び下りるんですか？　死にますよ！」

「いや、大丈夫。バンジージャンプなんです」

と、真由美が言った。「可哀そう。

「いつもこういうことばっかりやらされるのよね」

「それにしても……危いわ！」

太いゴムロープで足を縛って、遥か下へと飛び下りるバンジージャンプ。

しかし、ここは下が急流で、両側は切り立った崖《がけ》。もし崖の側へ振れたら……。

「――制服の子、可愛いな」

と言ったのは、武川ヒデキ。

「中止した方がいいですよ」

と、藍が言った。「万一のことがあると……」

「あっても小太郎の奴《やつ》だけだよ」

と、武川が笑った。

「――藍さん、あれ」

と、真由美が言った。

遥か下の急流の方を指さしている。

藍は覗き込んで、

「霧だわ」

と言った。

急流を覆《おお》うように、白い霧が、上流の方から流れて来ていた。
一瞬、藍はゾッとした。
あれは——普通の霧じゃない。
「いけないわ」
と、藍は言った。「やめさせて下さい！　あの霧は——」
そう言いかけたとき、橋の中央から、その男は身を躍らせていた。

ほんの一瞬のはずだ。
小太郎は、しかし自分が飛び下りて行くのを、はっきりと感じていた。
そして、下にある霧のことも、ちゃんと見ていたのである。
何だ、あれ？
そしてスッと小太郎の体は霧の中へ呑《の》み込まれていた。
そこで止らなかった。小太郎は、冷たい流れの中に突っ込んでいたのである。
——おい！　話が違う！
水に突っ込むことはないって言ったじゃないか！
焦《あせ》ってもがいたが……。ふしぎなことに、水を飲むことはなかった。
水の中は妙に明るく、そこに何かの映像が浮かび上った。

あれは……文乃じゃないか。
妻の文乃だ。
アパートの部屋で、文乃は何かもの思いにふけっている様子だ。
文乃は今二十八歳。小太郎にとってはずいぶん若く、可愛い妻である。
これは幻か？
文乃はハッとした様子で顔を上げ立ち上った。――玄関へと急ぐと、ドアを開ける。
男が入って来た。
そして――小太郎は文乃が男に抱きつき、キスするのを、呆然《ぼうぜん》として眺めていた。
二人は部屋へ上ると、あわただしく、待ち切れないように畳の上に折り重なった……。
霧の中から、小太郎の体が引き上げられて来る。
「おい、濡《ぬ》れてるぞ！」
と、ディレクターが焦って叫んだ。「早く引き上げろ！」
「大変だわ」
と、藍は言った。
「わあ、ズブ濡れ。――きっと計算違いしたのね」
と、真由美が言った。「川の中に突っ込んだのね。死んじゃったかしら？」

「行ってみましょ」

藍の心配は、むしろあの霧のことだった。

ボスの武川ヒデキは、取り巻きたちの後から悠々《ゆうゆう》と、

「なあに、人間なんて、そう簡単にゃ死なないさ」

などと言いながら吊橋を渡って行く。

「おい！　大丈夫か！」

引き上げるのにも時間がかかる。上からディレクターが必死で呼びかけた。

逆さになったまま、小太郎がちょっと手を振って見せた。

「良かった！　――誰だ、長さを決めたのは！」

と、ディレクターが怒鳴る。

「決めたの、自分じゃないか」

と、ADの一人が呟《つぶや》くのが聞こえて、藍は苦笑した。

やっと橋まで引き上げられた小太郎は、全身びしょ濡れで、

「ちょっと寒かったですね。特に引き上げられる途中が」

と、カメラに向って言った。

「よくやった！」

と、武川が小太郎の肩を叩《たた》いた。「遠すぎて、顔がよく見えないところが良かった

ぞ」

みんなが笑った。

しかし、小太郎は笑わなかった。

「いえ、よく見えましたよ」

と、小太郎はボスの方を見ながら、「特に師匠の顔は」

「何だ、水の中から俺が見えたのか?」

と、武川は笑って、「じゃ、声かけてくれりゃ良かったぜ」

「いえ、お忙しそうでしたから」

小太郎の口調は、どこか冷ややかなものがあって、その場の空気がしらけた。

「すみませんがね」

と、小太郎はディレクターに言った。「せめて、足のベルトを外してくれませんか」

「あ、ああ。──おい、誰か早くしろ!」

「それと、タオルをいただけますか。こう濡れてちゃ風邪ひいちまいますから」

「そうだよな。──おい、誰か! タオル、持って来い!」

と、ディレクターが怒鳴る。

すると、小太郎が、

「ご自分で取って来たらいかがですか?」

と、皮肉っぽく言ったのである。

「え？　──ああ、そうだな」

ディレクターは、ムッとするよりポカンとして、自分で駆けて行った。

「──何だか変ね」

と、真由美は見ながら言った。「あの人、ちょっと様子おかしくない？」

藍は何も言わずに首を振って、

「──さあ、お客さんたちを呼んで来ましょ」

と言った。

橋から覗くと、下の霧はもうすっかり消えていた……。

2　疑惑

「お疲れさま」

と、バスが着くと、迎えてくれたのは同じ〈すずめバス〉のガイド仲間の山名良子《やまなりようこ》。

「ああ、疲れた！　本当に『お疲れさま』だわ」

と、町田藍はバスを降りて伸びをした。「──あれ？　良子さん、遅くなるんじゃなかったっけ、今日は？」

「それがね、今日のツアー、中込みが一人もなし」

「ええ？　本当？」

藍は眉をひそめて、「私のとこだって、たった五人よ。ガソリン代も出ない」

「こうなると、やっぱり〈幽霊ツアー〉の出番ね」

と、良子が言った。

「社長、何か言ってる？」

「もちろん！『町田君はまだ帰らんのか！』って、さっきから」

「まずいなあ……」

――このところ、〈すずめバス〉の社長、筒見《つつみ》は「正統派路線」に立ち戻っていた。

しかし、誰だって同じようなツアーなら有名なバス会社を選ぶというもの。

「あ、そうだ。――お客さんが待ってるわよ」

と、良子が言った。

「私に？　誰かしら」

「若くて、ちょっとはかなげな女性。社長の好みのタイプ」

「へえ……」

バスを洗うのは時間がかかる。藍は、営業所兼本社の中へ入って行った。

「おお、帰って来たか」

筒見が奥で手を振って、「あれが、わが〈すずめバス〉の誇る、〈幽霊と話のできるバスガイド〉町田藍です！」

「変な肩書つけないで下さい」

と、藍は渋い顔で言った。

「こちらは――」

と言いかけ、「――失礼。ご主人の名は何でしたっけ？」

本当に失礼だ。

「主人は小田太郎と申します。芸名を〈小太郎〉といいまして」
二十七、八の、かぼそい感じの美女である。
「ああ。この間、山の中でバンジージャンプをやられてましたね」

「じゃ、やっぱりあそこにおられたんですね！」

と、女は言って、「――すみません。私、小太郎の家内で、文乃と申します」

「どうも……」

「TV局のスタッフの方が、確かあのとき通りかかったのが、有名な町田藍さんだと……」

「〈すずめバス〉の町田藍、と我が社の名をつけていただけると……」

「社長。――文乃さん、何か私にご相談ごとが？」

「はい。実は……」

文乃はタートルネックのセーターを着ていたが、手で首の所を下げて見せた。

「その首についてる跡……。首を絞められたんですか？」

藍はいやな予感が当ったと知った。

「はい……」

「ご主人に？」

「ええ。――やっぱりお分りでした？」

「あのとき……。ご主人の様子がただごとではなくて。でも、あんなひどいことをさせられたんですから、当然ですけど」

「主人にはもうやめてほしいんですけど……。まだ芸人として生きていくのを諦《あきら》め切れないんです」

と、文乃はため息をついた。

「でも、なぜそんなことに？」

「それが……とても妙なことを言い出したんです」

と、文乃は途方にくれた様子で、「あのバンジージャンプで、川の中へ突っ込んだとき、見えたんだって……」

「何がですか？」

「私が男と――浮気している光景が。しかもその相手が、武川さんだったと……」

「あの師匠ですね」

「ええ。私、そんなことあり得ない、幻覚を見たんだって言ったんですけど、主人は本当のことだと信じているようで」

「それで首を？」

「私が素直に謝らないと言って、カッとなったんです。でも、私、やってもいないことで謝ることなんてできません」

と、文乃は言った。

「分りました。で、ご主人は？」

「首を絞めてる途中で、フッと我に返ったようで、やめました。でもそのまま黙って寝てしまいまして……」

「じゃ、それが現実じゃないと納得してはおられないんですね」

「そのようです」

文乃は身をのり出して、「あの人を、元の通りに立ち戻らせていただけないでしょうか」

「そうおっしゃられても、私は医者じゃありませんし……」

話を聞いていた筒見は、

「いや、大丈夫！　この町田藍は人情に篤《あつ》い人間です。きっとあなたを救ってくれます」

と言い出した。

「社長……」

と、藍がにらんでも、筒見は全く意に介さず、

「我々に任せなさい」

と、文乃の手を取ったりしている。「ただ、このふしぎな出来事を、〈すずめバス〉のツアーとして組んでみたいのですがね……」

図々しいんだから、全く！

「そんなことがあったの」

と、遠藤真由美は言った。

「また、社長が安請け合いしちゃうから」

藍は車を停めると、「――この辺から歩きましょ」

休みの一日、藍は真由美も試験の後の休みだというので、一緒にあの吊橋へとやって来た。

「わあ、一段と紅葉してる」

と、山を眺めて真由美が声を上げた。

「本当ね。ほんの十日間ぐらいしかたってないのに」

藍は吊橋の真中あたりへ来て、下の流れを見下ろした。

「――今日は霧、出てないね」

「ええ。あの霧は何かあったんじゃないかって気がするのよね」

「でも危いよね、いくら川が深いったって」

「岩もあるし、水量が多いと流れも速くなるしね」

ここ数日、雨が降ったせいもあるのか、水量は心もち多いように感じられた。

「で、藍さん、どうするの？」

と、真由美が訊いた。

「分らないわよ。いつ霧が出るかも見当つかないんだから」

と言って、藍は車の音に振り返った。

「あのときのＴＶ局の……」

真由美はＴＶ局のロゴ入りのワゴンが停っているのを見た。

降りて来たのは、カメラマンを含めたスタッフ。そして――。

「武川ヒデキだ」

真由美が目を丸くした。

「——やあ、先日は」

と、武川が言った。「あんたが有名なバスガイドだとは知らなくてね」

「私はただのバスガイドです」

と、藍は強調して、「またここで収録ですか？」

「ああ。——俺にあらぬ疑いがかけられてるらしいんでね」

「小太郎さんからお聞きに？」

「とんでもねえ話さ。俺は女にゃ不自由してない。人の女房にまで手は出さねえよ」

と、武川は肩をそびやかした。

「それは小太郎さんにおっしゃることでしょ？」

「だが、言っても信じてくれそうにないんでね。実験してみようってことになった」

「何を？」

「ここから飛び下りて、本当に幻覚が見えるかどうかさ」

「また飛び下りるつもりですか？　危険です！　やめた方がいいですよ」

と、藍は強い口調で言った。

「なに、心配いらないよ。俺が飛ぶんじゃない」

「じゃ、誰が？」

いきなりTV局のスタッフが数人、ワッと藍を取り囲んだと思うと、藍の両足を太い

ゴムベルトでグルグル巻きにし始めたのである。びっくりして、

「ちょっと！　——何してるんですか！」

「聞いてないのか？」

と、武川は涼しい顔で、「ちゃんとおたくの社長と話がついてんだぜ」

「何ですって？」

「ただし、飛び下りる前に、『〈すずめバス〉をよろしく！』って叫ぶって約束でな」

「冗談じゃないですよ！　外して！」

焦ったときはもう両足を固く縛られて、藍の体はかつぎ上げられていた。

「おい、カメラ！　ちゃんと撮ってるか！」

と、ディレクターが言った。

「OKです」

「ちっともOKじゃないわよ！　——あのときは霧が出てたの！　今日は出てない！

飛んでもむだよ！」

と、藍が叫んでも、構わずにスタッフのADたちが藍をかつぎ上げて、手すりの上へ
——。

「藍さん！」

真由美が呆然として見ている。

「真由美さん。――私が死んだら、社長の所に化けて出るって言っといて！」

「おい、〈すずめバス〉のＣＭはいいのか？」

「誰が言うもんですか！」

「じゃ、おい、投げ落とせ」
一、二の三も何もない。――次の瞬間、藍は吊橋から投げ落とされていた。
アッという間もなく、急流が藍を呑み込む。

「――藍さん！」

真由美が手すりへ駆け寄った。「何てことするの！」

「なあに、引き上げりゃ大丈夫さ」

と、武川は言った。「おい、もうちょっと浸《つ》けとくか」

「漬け物じゃないのよ！　早く上げて！」

「よし、引張り上げろ」

と、ディレクターが合図すると、ＡＤたちがロープを引いた。

「何だか……いやに軽いです」

「結構重そうだったぜ」

と、武川が言った。

真由美が息を呑んだ。

ロープの先には、ただゴムベルトの輪が揺れているだけだった……。

「藍さん！　流されたんだわ！」

「おい、ちゃんと縛ったのか！」

ディレクターが怒鳴る。

「何言ってんのよ！」

真由美はカッとなって、「早く救助を！　この流れに呑まれたら……」

「いや、警察沙汰《ざた》になるとまずい。責任問題で――」

「つべこべ言うな！」

真由美は拳《こぶし》を固めて、ディレクターの顎《あご》へ一発叩きつけた。

「早く警察へ！　藍さんに何かあったら、殺人罪で訴えるからね！」

ADがあわててケータイを取り出した。

3　霧の中

藍はむせ返って、咳《せき》込んだ。

「――気が付いたか」

と、声がした。

藍は何度も息をついて、起き上った。

「胸が……痛い」

「水を吸い込んでる。――そっと呼吸しろ」

藍は渡されたタオルで顔を拭《ふ》いた。

むろん全身ずぶ濡れだ。

「ここは……」

岩場に寝ていた。

「流れが、ここで一旦緩《ゆる》やかになる。――どうして身投げしたんだ?」

男はキャンプに来ているといったスタイルだった。四十前後か。

「身投げじゃありません。投げ落とされたんです」

「何だって? じゃ、殺人か」

「バンジージャンプです」

「何?」

藍は、事情をザッと説明した。

「――そんなことがあったのか」

男は考え込んで、「すると、やはりあの霧が係《かかわ》ってるんだな」

と言った。

「霧って――」

と言いかけて、藍は思い切り派手なクシャミをした。

「そのままじゃ風邪をひく。――ともかく、向うに俺のテントがあるよ」

「あの――ケータイ、持ってます？」

と、藍は言った。


「藍さん！　良かった！」

真由美が、藍へ駆け寄って抱きついた。

「心配かけてごめんね」

と、藍は言った。

――無事、〈すずめバス〉の営業所へ戻って来たのである。

「藍さんが死ぬわけない、って思ってた」

「そう簡単にゃ死なないわ」

「何持ってるの？」

「バケツ」

「バケツ？」

社長の筒見が奥から出て来て、

「やあ、よく帰って来てくれた！　君はわが〈すずめバス〉にとって、かけがえのない――」

筒見はそこまでしか言えなかった。藍がバケツの水を筒見の頭からたっぷりと浴びせたのである……。

「――安井修《やすいおさむ》といいます」

と、藍を助けた男が言った。

「あそこでキャンプを？」

と、真由美が言った。

「ええ。――待ってたんです。あの霧が出るのを」

と、安井は言った。

「というと……」

「僕は今から三年前、あの河原でキャンプをしていたんです」

と、安井は言った。「当時、僕は妻の信子《のぶこ》、九つの娘の秋子《あきこ》、そして僕の父と暮していました……」

一人でキャンプをする。

それが安井にとって何よりの息抜きだった。

コンピューターのエンジニアである安井は、時にはこうして一人で静かな山の中にいる必要があったのである。

その朝、テントから出て、爽《さわ》やかな冷気を吸い込んだ安井は、ふと川の方から白い霧が流れて来るのを見た。

それは、どこか普通の霧ではないように見えた。

気味が悪くなり、安井はテントに入って、じっと息を殺していた。やがて霧は辺りをすっかり包んだ……。

怖いもの見たさ、というのか、安井はテントからどうしても外を覗いてみたくてたまらなくなり、テントの入口を細く開けて、そっと覗いてみた。

そこはただ一面に真白な世界で……。

いや――何かが見えた。

目をこらすと、やがて霧の中に、ＴＶ画面のようにある映像が浮かび上ったのだ。はっきり見えてくると、安井は息を呑んだ。それは、安井の家の二階で、妻の信子が、安井の父親と抱き合っている場面だったのである……。

「こんなものは幻だ。――そう自分に言い聞かせました」

と、安井は言った。「大体、家の中の出来事が、河原の霧の中に見えるなんて、そんな馬鹿な話はない、と……」

話を聞いて、町田藍は肯《うなず》いて、

「でも、全く馬鹿げたことと笑って済ませられなかったんでしょう?」

と訊いた。

安井は眉を寄せて、

「そうなんです……。いや、それまで僕は、妻の信子と父の間を疑ったことなどなかった」

と、首を振った。

「それで、霧の中の映像は、どれくらい続きました?」

と、藍は訊いた。

「五分か……十分か……。ともかく、僕はそれをじっと見続けていたんです」

と、安井は続けた。「そこは、家の二階で、部屋の様子もはっきり分った。そして、信子は父に抱かれて嬉しそうにしがみつき、声を上げていたんです……」

「声が聞こえたんですか?」

訊かれて、安井は首をかしげ、

「さあ……。聞こえたような気がしますが、声は僕の想像だったかも……」

「分ります。そういうときは自分の感覚も信じられなくなりますね」

「ともかく――あまりにその映像は生々《なまなま》しくて、僕はショックを受けました。理屈では説明できないのに、てっきりそれが本当のことに違いないと思い込んだんです……」

「いい加減にしてちょうだい！」

と、信子はくり返した。「そんなこと、あるわけないじゃないの！　大体、そんな遠く離れた場所で、どうしてこの家の出来事が見えたっていうの？」

「それは分らない」

と、安井は言った。「しかし、はっきり見たんだ、僕は」

「夢でも見たんじゃないの？」

と、信子はため息をついて、「お願い。もうやめて。秋子が学校から帰ってくるわ」

自宅の茶の間は今、重苦しい空気に包まれていた。

父、安井公介《こうすけ》は、無言で二人の話を聞いていた。

「父さん」

と、安井は父の方へ向いて、「どうなんだ。本当に覚えがないのか」

「あなた！　お義父《とう》様に失礼でしょう！」

と、信子が言った。

父、安井公介は、どこかふしぎな表情で息子とその妻を見ていた。

「――修」

と、安井公介は言った。「お前が見たというのは幻だ」

「本当に？」

「しかし――俺の気持は、その光景の通りだ」

公介の言葉に、安井も信子も唖然《あぜん》とした。

「父さん！」

「信子さん、すまなかった」

と、公介は頭を下げた。「俺はずっとあんたのことが好きだった」

「お義父様、そんな……。やめて下さい。何もなかったんですから！」

「ああ……。しかし、そんな気持を抱いていただけでも申し訳ない」

公介は、少しよろけそうになりながら、立ち上った。

「父さん――」

「ちょっと、その辺を散歩してくる」

公介はそう言って出て行った。

信子はしばらく黙っていたが、

「――信じてないのね、私のこと」

と言った。

「そういうことじゃないが……」

「嘘《うそ》！　信じてくれてれば、そんな馬鹿げた幻を見て、本気にするわけないわ」

「お前は見てないからそう言うんだ」

と、安井は言い返した。

そのとき、玄関で音がして、

「お母さん！」

と、娘の秋子がランドセルをしょったまま駆け込んで来た。

「秋子。どうしたの？」

「今……そこで……」

九歳の秋子は、目を大きく見開いて、「おじいちゃんが……」

安井は立ち上って、

「父さんがどうしたって？」

「トラックに……飛び込んで、ひかれたよ」

安井は駆け出した。

表の通りに、人だかりができていた。

「早く救急車を呼べ！」

と、誰かが叫んでいた……。

「娘にとっては、大変なショックでした」

と、安井は言った。「目の前で、おじいちゃんが自殺したのですから」

「分ります」

と、藍は肯いた。

「僕もただ呆然としていました。――自分が父を死へ追いやった。そんなことが、どうしてできたのか……」

「その後は?」

「妻は私を責めました。毎晩のように、二人は言い争いをして……。私も、後ろめたい思いがあるだけ、つい激しく言い返していました」

安井はため息をついて、「娘の秋子も、当然私たちの口論を聞いていて、何があったのか察していました」

「子供には辛《つら》い話ですね」

「全くです。――妻との間の溝は、そのまま深くなるばかりで埋まることはなく、半年ほどして、ある日私が帰宅すると、秋子が一人ポツンとソファに座っていました。信子は出て行ってしまったんです」

藍としては、何とも言いようがなかった。安井はお茶を一口飲んで、

「僕は秋子と二人で暮しています。——あれから三年たちましたが、信子はどこでどうしているか、全く分りません。秋子は中学生になりましたが、『私、一生男の子と付合わない』とか、『一生結婚しない』とか、すぐに口にするんです。聞く度《たび》に胸が痛みますよ……」

と言って、苦々しげに笑った。

「——ともかく」

と、藍が言った。「命を助けていただいたんですから、何か私でお力になれることがあったら……」

「いや、僕にとっては、あれも罪ほろぼしの一つですよ。——今、仕事はそこそこにして、娘のためにできるだけ時間を作っています。そしてときどきああしてあの同じ河原でテントを張って、あの霧が出るのを待ってるんです」

「あの霧……。小太郎さんの所も、これ以上ひどいことにならないといいんですけど」

と、藍は言った。

4　危機の幻

「信子さん。この荷物、お願いね」

と、声をかけられ、一瞬信子は返事ができなかった。

今、やっと地下から上って来たところなのに……。

「――分りました」

汗を拭《ぬぐ》って、そう答えるしかない。

信子は、この工場に来て半年。――段ボールを潰《つぶ》して束ねたのを、地下のゴミ焼却炉へ運ぶのが仕事だ。

ちゃんとした定職につく機会はなかなかない。もう一体いくつ工場を転々としたか、自分でもよく憶《おぼ》えていなかった。

痛む腰や、体の節々。――それでも重い束を引きずって、業務用エレベーターで地下へ下りる。

エレベーターの格子扉が開くと、もう熱気がムッとするような勢いで押し寄せてくる。

ズルズルとコンクリートの床を引きずって、段ボールの束をやっと焼却炉の所へ持って行く。

炎の勢いは、しばらくいると火傷《やけど》するかと思うほどだ。

仕方ない。――力をこめて、束を炉の中へ押し込んだ。

パッと火の粉《こ》が飛んで、あわてて後ずさった。

初めてのときには、火の粉をもろにかぶって髪の毛が焼けてしまったものだ。

熱気を吸い込まないように、息を止めたまま、急いで業務用エレベーターへと駆け込んだ。

だが――ボタンを押しても、扉が閉まらない。

「いやだ……。故障？」

くり返しボタンを押した。

そのとき、急に熱気が去って行って、信子は戸惑った。――どうしたんだろう？

ふと気付くと、焼却炉の辺りが真白に煙っている。何か妙な物でも燃えたのか、と思ったが、そうではなかった。

それは煙ではなく、霧としか思えなかった。白い霧がゆっくりとエレベーターの方へ進んで来る。

「何なの……。これって……」

霧は、まるで生きもののように足下《あしもと》から這《は》い寄って来た。どこかへ逃げようにも、狭いエレベーターの中、動きようがない。

信子は、安井が言っていた、ふしぎな霧のことを思い出した。これがそうなのだろうか？　でも、どうして？

やがて霧はエレベーターをスッポリと包み、信子も呑み込まれた。呼吸するのが怖かったが、苦しくなるわけではないようだ。

そのとき、霧の中にポカッと穴が空いたようで、何かが見えて来た。

どこか——薄暗い部屋だ。

やがてはっきりと見えたのは、どうやらTVのスタジオのようだ。

TVカメラや、天井から吊られたライト、マイクなどが見える。

今は使っていないのか、人の姿はない。

そのとき、誰かが入って来た。

「——秋子?」

秋子だった。——中学生になって、紺のブレザーを着ているし、スラリと背は伸びているものの、秋子に違いない。

そして……秋子について、誰かがやって来ていた。

「あれは……武川ヒデキだわ」

TVでよく見るタレントだ。

どうやら秋子はTV局の中を案内してもらっているらしい。

武川ヒデキのそばに、もう一人タレントの男がついている。——名前は知らないが、顔には見覚えがあった。

すると、武川がケータイを取り出すのが見えた。誰かからかかって来たのだろう。

ちょっと話して、すぐに切ると、武川は秋子に微笑《ほほえ》みかけて、どうやら用事ができたと言っているようだ。

秋子が頭を下げて礼を言っているらしい。武川は出て行ったらしかった。

残った男が、秋子にスタジオの中を、説明している。

どうして秋子がこんな所に？

信子には見当もつかなかった。

秋子と、そのタレントの男は、スタジオの中の家のセットを覗いていた。

居間のセットに上ると、秋子は楽しげに笑って、ソファに座ってみている。

すると——そのとき、男がソファに並んで座ると、秋子の肩に手を回したのである。

その動きに、信子は危険を感じた。

「秋子、気を付けて！」

と、信子は思わず言った。

男が突然秋子をソファに押し倒した。信子は息を呑んだ。

秋子が叫んでいる。——しかし、声は聞こえて来なかった。

男が秋子に馬乗りになると、秋子のブラウスを引き裂いた。

「やめて！」

と、信子は叫んだ。「——誰か、秋子を助けて！」

そのとき、霧は一気に引いて行った。

秋子の映像も消えた。そして、エレベーターの扉がガラガラと閉まり、エレベーターは上り始めた。

「——秋子」

今のは？　幻なのか。もし本当のことだったら……。

エレベーターを降りると、信子はロッカールームへと駆け出した。


「分ってもらえたかしら」

と、町田藍は言った。「決して、お父さんのせいだけじゃなかったのよ」

話を聞いているのは、ブレザーの制服を着た中学生、安井秋子である。

「——分りました」

と、秋子は少しして肯くと、「でも、お父さんがお母さんに謝らなかったのは、やっぱり間違ってたと思います」

「そうね」

と、藍も肯いて、「お父さんも、今は後悔してると思うわ。でも、お母さんの行方が分らないんでしょ？」

「本気で捜してるのかな」

と、秋子は言った。「本気で捜せば、見付かると思うんです」

中学一年生とはとても思えない、冷めた少女だ。

祖父の自殺を目の前で見たショックが、今も深く影を落としているのだろう、と藍は思った。

二人が座っているのは、TV局のロビーのソファ。

安井が、小太郎に会いたいと言うので、藍が連絡を取った。小太郎はすぐに、

「いいですとも」

と、快く承諾してくれた。

このTV局で会うというので、娘の秋子が、「一緒に行きたい」

と、こうしてやって来たのである。

安井との待ち合せ時間まで少しあったので、藍は秋子に今回の事情を話してやった。

「一度、お父さんとちゃんと話をしてね」

と、藍が言うと、秋子は、

「私がその話をしようとすると、お父さん、いつも逃げちゃうの」

と、不服そうに、「急に『用を思い出した』とか、『電話しなきゃ』とか言って」

「そう。――きっと、おじいさんを死なせたことを思い出すのが辛いのね。じゃ、私からちゃんと言っておくわ」

「はい」

と、秋子は肯いて、「藍さん――って呼んでもいい？」

「ええ、もちろん」

「お父さんと結婚する気、ない？」

藍は面食らったが、

「まだそこまでのお知り合いじゃないのよね」

と、笑ってごまかした。

すると、

「やあ、あんたか」

と、声がした。

武川ヒデキだった。後ろに小太郎がついて来ている。

「どうも先日は」

と、藍は冷ややかに、「殺人罪の共犯にならなくて良かったですね」

「申し訳ない！　冗談のつもりだったんだよ」

と、武川は頭をかいて、「小太郎の奴が同じような経験をした人と会うっていうんで、挨拶《あいさつ》したくてね」

「まだ待ち合せの時間に少しあります。――こちらはその安井さんのお嬢さんです」

「いつもＴＶで見てます」

秋子は少し照れたように、武川へ会釈《えしやく》した。

何だか、やっと普通の中学生らしさを見たようで、藍も少しホッとした。

「やあ、中学生？」

と、武川が訊く。

「はい。中一です」

「中一か。いいねえ若くて」

と、武川は言って、「時間があるんだろ？　スタジオを見せてあげようか」

「はい！」

秋子は目を輝かせた。「私、TV局で働きたいんです」

「そりゃ、あんまりお勧めしないがね」

と、武川は笑った。「じゃ、ついておいで。本番中でなきゃ覗いても大丈夫」

「いいんですか？」

「じゃ、行ってらっしゃい」

と、藍は言った。「お父さんがいらっしゃるといけないから、私はここにいるわ」

「お願いします」

「鞄、置いてっていいわよ。ここにいるから」

――藍は、武川と並んで行く秋子を見送った。小太郎も後からついて行く。

安井と待ち合せた時間まで二十分ほどあった。

ロビーに置かれた大きなTVを眺めていると——。

「武川さんはどこですか！」

と、険《けわ》しい女性の声が響いた。

びっくりして振り向くと、局の受付の女性に、作業服のような姿の女性が、かみつきそうな勢いで、

「武川ヒデキよ！　どこにいるの！」

と、怒鳴っている。

「あの——どういうご用件でしょうか？」

と、受付の女性が急いで合図すると、ガードマンが駆けつけて来た。

「娘が危いの！　このTV局の中で襲われてるかもしれないのよ！」

と、その女性は叫ぶように言った。

「ちょっと、あんた！　どういうつもりだね？」

と、ガードマンがその女性の腕を取る。

「何するのよ！　娘の身に何かあったら、あんたたちも訴えてやるからね！」

と、凄《すご》い剣幕。

「待って下さい」

と、藍は呼びかけた。「あなた、もしかして安井秋子ちゃんの……」

「母親です！」

と、藍を見て、「秋子をご存じ？」

「今、このTV局にいます。武川さんがスタジオを案内してあげると言って、小太郎さんと三人で――」

「まあ！　じゃ、本当のことだったんだわ！」

と、真青《まつさお》になる。

「信子さん――ですね？　秋子さんが襲われるって……」

「見たんです！　霧の中にはっきりと、秋子が、その――小太郎でしたっけ？　その男に襲われるのを」

「武川さんじゃなくて、小太郎さんに？」

「はい！　どこのスタジオに娘は――」

「さあ……」

藍が振り向くと、当の武川がケータイで話しながら廊下をやって来るのが見えた。

「武川さん！」

藍は駆け出した。「あの子はどこのスタジオに？」

「何だよ？」

武川が目を丸くして、「小太郎がついてるから大丈夫だ。この先の〈3A〉ってスタジオだよ。ちょうど空いてたんで……」

武川は、藍と信子が猛烈な勢いで駆けて行くのを、呆然と見送って、

「――何だ、あれ？」

と呟いた……。

藍は足を止めた。

スタジオのドアが開いて、小太郎が出て来る。

「あの男だわ！」

信子が声を震わせ、「秋子をどうしたの！」

と、叫びつつ、小太郎へと突っ込んで行く。

「信子さん！　待って！」

と、藍が叫んだときには、信子は小太郎に体当りし、倒れたところへ馬乗りになって、

「よくもあの子をひどい目に――」

と、殴りつけた。

「――お母さん？」

ドアの所に、秋子が立って目を丸くしてその光景を眺めていた……。

5　闇の底

「申し訳ありません！」

と、信子が床に座り込んで平謝り。

「もういいんですよ……」

小太郎は顔の傷に消毒液をつけられ、「いてて……」

と、顔をしかめた。

「二枚目でなくて良かったな」

と、武川が言った。「俺も、あらぬ疑いをかけられた。——これで分ったろう」

ＴＶ局の中の会議室。空いた部屋を借りて、小太郎の手当てをしている。

「お母さんたら……」

と、秋子が顔をしかめて、「確かめもしないでいきなり——」

「だって、本当のようだったのよ。はっきり見えて……」

と、信子は言いわけして、「ごめんなさい、秋子」

「本当だよ。私のこと放ったらかしていなくなるなんて。こっちにも謝ってよね」

と、秋子は腕組みして信子をにらみつけたが——。

ちょっと間があって、秋子は、

「お母さん！」

と呼んで、信子としっかり抱き合った。

「——信子！」

ドアが開いて、安井が立ちすくんでいる。

「今、いいところだ」

と、武川が言った。「泣かせどころだな」

「ごめんなさい……」

信子も、涙に濡れた顔で、「あなた……」

「信子……。君、どうしてそんな格好してるんだ？」

と、安井が唖然としている。

「ともかく順序立てて話をしましょう」

と、藍が割って入った。

——事情を聞くと、

「じゃ、あの妙な霧を見たのは三人もいるってわけだ」

と、小太郎は言った。

「ふしぎなことだ」

と、安井は首を振って、「あの川とも関係がなかったということなのか」

「でも、私はおかげさまで命が助かりました」

と、藍は言った。

「そうだ。あんたは特別な霊感を持ってるんだろ？　どうしてこんなことが起るか、説明してくれよ」

と、武川が言った。

「お断りしておきますが、私はただのバスガイドです」

と、藍は言った。「でも――もし、皆さんが〈すずめバス〉のツアーに参加される気がおありでしたら、何か説明が見付かるかもしれません」

「バスツアー？　どこへ行くんだい？」

と、武川が訊く。

「あの渓谷です」

と、藍は答えた。「もし何も起らなくても、紅葉が今見ごろですから」

つい、営業している藍だった。

「では、ここで降りて、歩きましょう」

と、バスが停ると、藍は言った。

「ここで待っててていいのか?」

と、ドライバーの君原《きみはら》が訊く。藍がいつも組んでいる、二枚目の青年だ。

「ええ。——それとも、あの橋から飛び下りる?」

「やめとくよ」

藍が先に降りて、乗客たちが次々に降りて来た。

今日のツアーは満員状態だった。

武川ヒデキと、その弟子(?)たち、それに安井修と秋子、信子も一緒に来ていた。

信子も、あのきつい仕事を辞めて、安井の下《もと》に戻っていた。

「藍さん、またバンジージャンプ、するの?」

と、遠藤真由美が言った。

「本当はやりたくないけどね」

と、藍は言った。

あの吊橋に、TV局のスタッフが待機していた。

「——やあ、紅葉がみごとだね!」

と、ツアー客が口々に言った。

「これに幽霊が出りゃ、言うことないね」

と言う客もいて、

「世の中にゃ、変な奴が大勢いるんだな」

と、武川が感心している。

「怖いわ……」

と、小太郎に寄り添って、妻の文乃が言った。

「心配するな。もう、あんな真似しないよ」

と、小太郎が文乃の肩を抱く。

吊橋まで行くと、TV局のディレクターがきまり悪そうに、

「この間は申し訳なかったです」

と、藍に詫《わ》びた。

「今日は大丈夫ですか？」

「ええ。専門家を連れて来ています」

「でも収録はOKするかどうか分りませんよ」

——みんなが吊橋の上で写真を撮り合ったりしていると、

「藍さん！」

と、真由美が言った。「見て！　霧だわ」

指さす方を見ると、遥か眼下の谷川をゆっくりと白い霧が進んで来る。

「あれだ」

と、安井が覗き込むようにして、「あのときの霧だ」

「やっぱりこの渓谷と関係があるの？」

と、信子が言って……。「――あなた！　秋子がおかしいわ！」

「何だって？」

秋子が手すりに手をかけて立っているのだが、じっと宙を見つめて動かない。

「待って下さい」

と、藍は言った。「そっとしておいて下さい」

「しかし……」

「あの霧を呼び寄せているのは、秋子ちゃんなのです」

と、藍は言った。

「秋子が？」

「秋子ちゃん自身、分っていないのです。自分が強い霊感の持主だということを」

「秋子が……」

「その力があまりに強いので、ご両親にもいわば一時的に伝染して、霧を呼ぶことになったのだと思います」

「でも……私、三年も会っていなかったのに」

と、信子が言った。

「秋子ちゃんは言ってました。お父さんが本気で捜せばきっとお母さんが見付かる、と。秋子ちゃんは信子さんの働いている所を捜し当てて、見に行っていたんですよ」

「じゃ、あのときは？」

と、小太郎が言った。

「秋子ちゃんから聞きました」

と、藍は言った。「お父さんがいつもテントを張っている所が見たくて、学校が休みのとき、あの河原に行ったそうです。それがあの日だったのです」

「じゃ、やっぱり霧を呼んだのか」

「秋子ちゃんは分っていません。——幼いころ、こういう霊感を持っている子が、ごくまれにいるものなんです。大部分は、大人になると消えてしまうのですが」

「霧が……」

と、真由美は白い霧が吊橋の下へ達するのを見て、「私、飛び下りてもいい！」

「とんでもない！　お客様に何かあったら、私はクビよ」

「客の要望に応《こた》えるのも、藍さんの仕事でしょ？」

と言い返して、真由美は、「絶対に飛ぶ！」

と言い張った。

藍も根負けして、

「じゃ、絶対に安全なように」

と、ディレクターに注文した。

真由美が仕度をしている間に、

「あのときの幻はどうして？」

と、安井が言った。

「ご自分で気付かないうちに、きっと想像しておられたんですよ、心のどこかで」

「そうかな……」

と、安井が首をかしげる。

「そら見ろ」

と、武川が小太郎の頭をこづいて、「奥さんを大事にしないからそんな想像をするんだ」

「やめて下さいよ」

と、小太郎が苦笑した。

藍は、ちゃんと見てとっていた。安井信子と武川、そして、小太郎の妻文乃の三人の顔に一瞬浮かんだ不安と後悔の色を。

武川と文乃。信子と安井の父。

それはおそらく現実だったのだ。

しかし、「もう二度とあんなことはしない」と決意し、悔《くや》んでいる。

その心の中を読み取って、藍は幻を幻のままにしておこうと思った……。

「じゃ、飛びます！」

と、真由美が元気一杯に手を上げて言った。

「勇気あるな」

と、小太郎がため息をついた。

「気を付けてね。真直ぐ落ちるのよ」

と、藍は言った。

「大丈夫！　行って来ます！」

真由美は、まるでプールにでも飛び込むように、吊橋から身を躍らせた。

――藍にとって救いだったのは、信子の見た幻が現実でなかったことだ。

それは秋子の空想だったのか？　中学生の少女にとっては、ドラマで見るようなスリルだったのかもしれない。

霧の中へ姿を消した真由美は、すぐに引き上げられた。

その途中、霧はスッと消え、秋子も我に返った様子で、

「――私、寝てた？」

と、キョトンとしている。

「ほんのちょっとよ」

と、藍は言って、秋子の肩を抱くと、

「お母さんも帰って来て、ぐっすり眠れるようになったでしょ？」

「うん」

と、秋子は肯いた。

その笑顔は、ごく普通の中学一年生だった……。

「――ああ、面白かった！」

と、真由美は平然としている。

「どうだった？　何か幻は見えた？」

「うん。――まあね」

「どんな幻？」

「藍さんがね、ある男性とキスしてた」

「何ですって？　ちょっと！」

「誰とキスしてたかは秘密！」

「妙な冗談やめて！　――ちょっと、真由美ちゃん！」

真由美は明るく笑い声を上げて、吊橋の向うへと駆けて行ってしまった。

「全く、もう！」

藍は苦笑して、「では皆さん、美しい紅葉を、たっぷりお楽しみ下さい！」と、ツアー客たちへ呼びかけたのだった……。

愛と死の雨に濡れて

1　冷たい雨

「申し訳ありませんでした……」

と、町田藍はマイクを手に言った。「皆様には何のための今日のツアーだったか……」

「いいのよ」

と、前の方の中年の女性客が言った。

「お天気まで、ガイドさんのせいじゃないもの、ねえ？」

「そうそう」

「ま、めったにない大雨の中をドライブしたと思えば、それも珍しい経験だ」

あちこちの客から、藍に同情的な声が上って、次いで拍手まで起った。

藍も、いつになく胸が熱くなって、

「ありがとうございます……」

と、ちょっと声を詰まらせて頭を下げた。

——〈すずめバス〉は、名こそ似ていても同業の〈はと〉とは大違いの弱小バス会社。

そこでガイドをしている町田藍、二十八歳。

今日は、〈冬こそ風情溢《あふ》れる寺巡り！〉という、何だかよくわけの分らないツアーだった。

それが、この一週間、カラカラの冬晴れだったのに、今日に限って、朝からどしゃ降りの雨。

寺巡りといっても、バスを降りてのんびり歩くような気分ではない。あまりのひどい雨に、あわててバスに戻る始末。

おかげで予定より三十分も早く、解散地点に着きそうだった。

「——藍さん」

と、空いている前の方の席へやって来たのは、セーラー服の高校生、遠藤真由美。

「真由美ちゃん、大丈夫？　濡《ぬ》れたんじゃない？」

「ううん、平気。これ、防水加工してあるし」

真由美は、「幽霊が大好き！」という、変った十七歳の少女である。

この〈すずめバス〉の藍の大ファンなのだ。

「今日は藍さんが行くんだから、お寺で幽霊が出るかと思ったんだけどな」

「妙な期待しないで」

と、藍は苦笑した。

「幽霊も、この雨で出られなかったのかもしれないわね」

と、真由美は自分を納得させるように言った。「ね、バス、この先の交差点で停めてくれる？　私、ピアノのお稽古で、この近くなの」

「そう。いいわよ、この次の信号？」

「いえ、もう一つ先」

「分ったわ」

藍がドライバーの君原へ、「ね、ちょっと――」

と、声をかけると、

「聞こえたよ」

と、君原が答えた。「信号の所じゃ停めていられないから、パッと降りてくれ」

「分ってるわ」

と、真由美が言った。「今度ピアノの発表会があるの。藍さん、よかったら――」

そのとき、急ブレーキがかかって、藍と真由美は折り重なって倒れてしまった。

「――真由美ちゃん！　大丈夫？」

と、藍があわてて起き上る。

「うん。びっくりしただけ」

真由美は藍に手を取られて立ち上ると、

「——でも、愛《いと》しい藍さんと抱き合えて良かったわ」

と言ったので、バスの中がドッと沸いた。

「すまん」

と、君原が息をついて、「危うくはねるところだった」

「人がいたの？」

「この雨の中、道の真中を歩いてるんだ。一瞬目を疑ったよ」

藍はバスの前方を見た。

男が一人、確かに道の真中を歩いて行く。コートは着ているが、この冷たい雨の中、傘もさしていない。

「妙だろ？　急ブレーキで停っても、振り向きもしないんだ」

と、君原が言ったときだった。

「あ……」

と、一緒に見ていた真由美が声を上げた。

その男が突然、崩れるように倒れてしまったのである。

「藍さん、どうするの？」

「救急車呼ぶにしても、あのままじゃ——。申し訳ありません！」

と、乗客の方を向いて、「放っておくと凍死するかもしれません。一旦《いったん》このバスへかつぎ込んでいいですか？」

「もちろんよ！　誰か手伝ったら？」

と、中年の女性客が声を上げる。

「いえ、それは私とドライバーで。君原さん！」

「うん……」

客を、この雨の中へ出て行かせるわけにはいかない。

藍はレインコートを手早くはおると、バスの扉を開け、外へ出た。

コートは着ていても、フードがないので、雨はたちまち首筋から入って来る。

倒れている男へと駆け寄って、

「ちょっと！　しっかりしてください！」

と、藍は大声で呼びかけながら、男の体を揺さぶった。

「――どうだ？」

君原がやって来る。

「だめだわ。バスの中へ運びましょう！」

二人して運ぶのは、小柄な男とはいえ大仕事だった。

何とかバスへ運び入れ、空いた席の上に寝かせた。

「ああ……。こっちもいい加減濡れたわ」

藍はコートを脱ぐと、棚からタオルと毛布を下ろして、

「この人、コートの下もずぶ濡れね」

真由美は、その青白い顔を見て、貼りついた髪をかき上げると、目を丸くした。

「藍さん！　この人——女だわ」

藍もびっくりした。コートが黒の男もので、ズボンに黒の短靴だったので、てっきり男と思っていたのだ。

「まだ若い人ね。——脈はあるけど、こう芯《しん》まで濡れちゃ……」

藍はその女の手を握って、「氷のように冷たい。君原さん、どこか近くの病院へ！」

「分った」

バスはすぐ動き出した。

「どうするの？」

と、真由美は訊《き》いた。

「このままじゃ、肺炎でも起すわね」

藍は立って、「恐れ入ります。若い女性ですので——男性のお客様は後部席へお移り下さい。濡れた服を脱がしますから」

藍の「ファン」が多いので、素直に男たちは席を移った。

「真由美ちゃん、手伝って」

「うん」

二人して、その女のコートを脱がせる。

「まあ……」

赤いセーターを着たその女——いや、コートを脱がせてみると、

「藍さん、この人……たぶん私と同じくらいだわ」

と、真由美が言った。

「そうね。高校生ぐらいだわ」

女というより「少女」だったのである。

「でも、ともかく着ているものを脱がせないと。このままじゃ冷え切っちゃう」

ためらっている場合ではなかった。

藍と真由美は二人がかりで少女の着ているものを脱がせた。下着まですっかり濡れていて、体は血の気を失っている。

タオルで体を拭《ふ》くと、さらに乾いたタオルで体中をこする。

「——この近くに救急病院がある！」

と、君原が言った。

「じゃ、真直ぐ向って！」

と、藍は言った。

「少し血の気が戻ったんじゃない？」

真由美は、少女の頬を見て言った。

「本当だわ！　頬が少し赤らんで来た」

乗客の間に拍手が起った。

「その先だ」

と、君原が言った。「もう見えてる」

「じゃ、正面へつけて。——毛布で体をくるみましょう」

藍と真由美の二人で裸の少女を毛布でくるんだ。

バスがカーブを切って、病院の正面玄関へつける。

「話して来るわ」

藍は一人でバスを降りると、病院の中へ駆け込んだ。

真由美は、少女の着ていたものを一つに丸めた。——コートも濡れているので、かなりの重さだ。

藍はすぐに戻って来た。

「いま、看護師さんたちがみえるわ。運び出して、すぐ入院させてくれるって」

「良かったわね」

「本当にね。――でも、どうして雨の中を傘もささずに歩いてたのかしら」

と、藍は首をひねった。

少女が運び出され、ストレッチャーに乗せられて病院の中へ入って行くと、藍は乗客に向って、

「ご協力ありがとうございました」

と、呼びかけた。「色々今日は初めの予定通りに行かず、申し訳ありませんでした」

「いや、何が起るか分らないのが、この〈すずめバス〉のツアーの面白いところだからね」

と、中年の常連客の一人が言って、みんなが笑った。

「ありがとうございます。では、解散地点に向います」

「あの、藍さん――」

「あ、真由美ちゃん、ごめん！　ピアノのレッスンだったわね！」

「いえ、それはいいの」

と、真由美は首を振って、「ただ、今気が付いて。――これ、落ちてた」

座席の下から拾ったものを、藍に渡す。

「これって……あの女の子のかしら」

小型の手帳だった。むろん、ポケットから落ちたのだろうが、そうひどく濡れていな

い。

パラパラとめくると、かなり色々と書き込んであった。

「じゃ、私は一旦営業所に戻ってから、今の病院へ行ってみるから、そのときに届けておくわ」

藍は、その手帳をバッグの中へしまった。

顔に出ないように気を付けてはいたが、その手帳を手にしたとき、何か手から伝わって来るものがあった。

それはふしぎな感覚だった。しかし、ともかく何かの情念のようなものが、そこにはこめられていたのである……。

2 しのび逢《あ》い

ツアーの後の処理しなければならないことも色々あって、藍があの少女を入院させた病院にやって来たのは夜になってからだった。

看護師の一人に事情を話すと、すぐに調べてくれた。

「――西崎麻衣《にしざきまい》さんですね」

そういう名前なのか。

「じゃ、意識は戻ったんですね」

「だと思います。担当の者に訊いて下さい」

病室を教えてもらい、藍はエレベーターへと向った。

夫婦らしい中年の男女と一緒になって、エレベーターに乗ったのだが——。

「全く！」

と、ダブルのスーツにネクタイという格好の夫の方が、苦々しげに言った。「こんなみっともない真似は、これ以上許さんぞ！」

「でも、あなた……」

妻の方は、なだめるように、「あの子をあんまり叱《しか》らないで。まだ熱が下がらないっていうんですから」

「大体、なぜすぐに俺の所へ連絡して来ないんだ！　何時間もたってるぞ」

「それは本人が——」

「病院も病院だ！　直接俺に言うべきなのに、事務の者に『娘さんが入院しています』とことづけるなんて……アッという間に学校中に知れ渡ってしまったじゃないか」

何だか、いつも怒っている男のようだ。——藍としては、こういう客にはあまり乗ってほしくない。

エレベーターが五階に着く。

その夫婦は足早にナースステーションへ行くと、

「娘が入院していると聞いたのですがね」

と、男が言った。「西崎麻衣です」

「はい。病室はそちらの〈515〉です」

と、看護師が答えた。

「担当の医師に会いたい。呼んで下さい」

と、男は言って、さっさと病室へ向う。

妻の方が看護師へ、

「色々お世話になりまして……」

と、礼を述べていた。

——あれが両親か。

藍はどうもあの父親の方とは話したくなかったが、ここまで来たのだから仕方ない。

藍が〈515〉の中を覗《のぞ》くと、

「どうなの、麻衣?」

と、母親が娘の額に手を当てて、「少し熱いわね。——気分はどう?」

「起きられるか」

と、父親が言った。「服を着て帰るんだ」

「あなた……」

「うちで寝ていれば治る」

藍はちょっと咳払《せきばら》いをして、

「失礼します」

と、中へ入って行った。

「何だね、あんたは」

と、父親がうさんくさげに藍を眺めた。

「あ……。ここへ入院させてくれたガイドさんですね」

と、寝ている少女が言った。「ぼんやり憶《おぼ》えてる」

「どう、気分は？」

と、藍は微笑《ほほえ》んで、「これがバスの中に落ちてたの。返しに来たわ」

差し出した手帳を見て、

「良かった！　どこへ行ったのかと思ってた……」

と、少女は白い手を差し出して受け取った。

「あなたは……」

と、母親が口ごもる。

藍が名のって、この少女を入院させたいきさつを説明すると、

「まあ、そうでしたか！　――ありがとうございました」

と、母親は頭を下げたが、父親の方は面白くなさそうな表情で、

「あんたは、この子とは関係ないんだ。このことは誰かに言ってもらっては困る」

「あなた――」

「俺には校長としての立場があるんだ」

「ご心配なく」

と、藍は言った。「この手帳を届けに来ただけですから。――それじゃ、お大事にね」

藍は少女の手を取った。その瞬間、少女の心の声が、

「後でまた会いに来て！」

と言うのを聞いた。

ちょうど担当の医師がやって来て、藍は入れ違いに廊下へ出たが、そのまま離れた場所のソファに座って、様子を見ていた。

医師がいなくなると、数分して両親が出て来た。

「私、麻衣の着る物をこの近くで買って来ますわ」

「俺は先に帰る。明日は忙しいんだ」

「分りました」

「医者は大げさだ。——二、三日入院すれば充分だ」

「でも、あなた——」

両親がエレベーターに乗って行くのを見て、藍は病室へと戻った。

「あ……、来てくれた」

と、麻衣は目を見開いて、「どうして分ったの？」

「あなたが言ったでしょ。聞こえたのよ、私には」

「私の気持が？」

「いくらかはね。——私も話したかったの」

と、藍は椅子にかけた。

「お父さんが失礼なこと言って、ごめんなさい」

西崎辰彦《たつひこ》は、中学校の校長ということだった。妻は聡子《さとこ》。麻衣は一人っ子だった。

「お父さん、校長になるまでは、あんなじゃなかったのに……」

「よく、あることとよ。〈長〉の字が付くと、自分という人間が偉くなったように勘違いするの」

「本当にね……」

「話してくれる？」

と、藍は言った。

「あなたがどうして雨の中、傘もささずに歩いてたのか。しかも男ものコートを着て」

と、藍は言った。

麻衣は、少しの間、天井を見上げていた。それから藍の方へ目を向けて、

「町田……藍さん、っていったっけ」

「ええ」

「何だか——あなたなら分ってくれそうな気がする。私のあの人のこと」

「彼氏ね」

「ええ。でも——死んじゃったの」

と言うだけで、麻衣の目は潤《うる》んで見えた。

「そう」

麻衣は深く息をついて、気を取り直したように口を開いた。

「今日みたいに、とってもひどい雨の日だった……。道が狭かったの……」

狭い道だったが、二人は腕をしっかり組んで歩いていた。

ギュッと体を押し付け合って。——それは好きだからでもあったが、そうしないと濡
「何を話せば?」

れてしまうという、現実的な問題もあった。

二人に傘は一つしかなかったからである。

「肩、濡れてるよ」

と、麻衣は言った。

どう身を寄せ合って歩いたところで、どうしても外側の方の肩は雨で濡れてしまう。

「平気さ」

と、上田勇一《うえだゆういち》は言った。「それより、お前、濡れてないか？」

「私は小さいから」

と、麻衣は笑った。「勇一のポケットに入れて、持って歩いてほしいな」

上田勇一も、麻衣と同じ十七歳、高校二年生だった。

ただし、麻衣は高校から私立の女子校で、勇一は都立高校に通っていた。二人は中学が同じで、そのころから互いにひかれ合う仲だった……。

「――昨日だけどな」

と、勇一が言った。「お袋の会社に、お前の親父《おやじ》さんが来たって」

「え？」

麻衣はびっくりして足を止めた。「お父さんが？」

「何も言ってなかったか」

「ひと言も！それで、どうしたって？」

「お袋も、突然だったんでびっくりしたってさ。上司に頼んで三十分外出ってことにしてもらって、外の喫茶店で話を聞いたって」

上田勇一は、小学生のころに父親を事故で亡くした。母、上田明美《あけみ》は、パートの仕事をしていたが、母と息子の二人が生活していくには収入が足りず、つてを頼って〈S計器〉という会社に雇ってもらった。

そこで勤続五年目に正社員になり、何とか息子と二人の暮しをやっていけるようになった。

今では明美も係長というポスト。

「お父さん、何の話をしに行ったの？」

麻衣は気が気でなかった。

「お袋もちょっと緊張したってさ。何しろ相手は校長先生だからな」

と、勇一は言った。「でも、向うが話すより、お袋に訊いて来たってさ。俺がどういうつもりでお前と付合ってるのかって」

「そう……。それで？」

「うん。お袋は『息子も子供ではないので、干渉しない方がいいと思います』って言ったそうだ。その上で、『本当に麻衣さんのことはずっと知っているし、大事に付合っていきたいと思っているはずです』って言ったんだ」

「それで――お父さん、何て言ったの？」

「じっと聞いてたそうだよ。そして、『お話を聞いて安心しました』って言って、『娘をよろしく』って頭を下げてくれたって」

「――本当に？」

麻衣は半信半疑だった。

父が勇一との付合いを面白く思っていないことはよく分っていた。

特に、中学校の校長になってから、父、西崎辰彦は妻にも娘にも、ひどく強圧的な態度を取るようになっていた。

ろくに人の話を聞かず、すぐ怒鳴る。

だから麻衣も、自然勇一に会いに出かけるときは嘘をつくようになっていた。

「本当に分ってくれたのならいいけど……」

と、麻衣は言った。

「そう心配するなよ」

と、勇一は麻衣の肩を抱き寄せた。「俺たちがしっかりしてりゃ済むことだろ」

「うん」

麻衣はやっと微笑んだ。

「雨の中を歩くだけのデートじゃ寂しいな。どこか、ともかく雨に濡れない所に行こうぜ」

と、勇一は促《うなが》した。

「じゃ、甘いもの食べよ！」

「お前、いつもそうだな」

「いけない？」

「太るぞ」

二人は笑いながら、雨の中、足どりを速めた。

「もう少し大きい傘を買って来よう」

と、勇一が言った。「二人でスッポリ入れるような。そうすりゃ――」

その瞬間、勇一の姿が消えた。

傘が宙に舞った。

何が起ったのか、麻衣には分らなかった。

気が付くと、傘が道端に転《ころが》り、勇一は道の真中に突っ伏して倒れていたのだ――。

「車が、勇一をひいて行ったんです」

と、麻衣はじっと天井を見ながら言った。「後ろから走って来た車が、勇一をひき殺したの」

「まあ……」

「いくら狭い道を並んで歩いてたからって、クラクション鳴らしてくれればいいのに……」

「それで——ひいた車は分ったの？」

「いいえ。私も呆然《ぼうぜん》としてて、車を見てなかったし、それに……」

と、一瞬声を詰まらせて、「警察の人に言われたの。『こんな狭い道で、相合傘で歩くのが悪い』って……」

「まあ、ひどい」

「悔しくて泣いた。でも——もう勇一は帰って来ない」

「気の毒に」

と、藍は言った。「でも、それだけじゃないのね？」

「ええ」

麻衣は藍を見ると、「信じてくれる？　そのときの傘を、私、持って帰ったの。勇一の傘だったけど、ともかく最後のときに、勇一が握ってたんだと思って……」

「それで？」

「その傘をさすとね、勇一と話ができるの！」

と、麻衣は言った。

3　母の悲しみ

十二時になって、オフィスビルから続々と人が出て来た。

昼食へと急ぐサラリーマン、ＯＬの流れから、一人の女性が外れて、藍の座る喫茶店へと入って来た。

あの人かしら？　――藍は立ち上った。

「――町田さんですか」

と、その女性は歩いて来ると言った。

「上田明美さんですね。町田藍と申します」

死んだ勇一の母親を見て、藍は胸を痛めた。

「びっくりなさったのでは？」

「少し」

と、上田明美は言った。

「今、四十五歳なんですけど……。勇一が亡くなって、三日ほどの間に、こうなってしまいました」

明美の髪は真白だった。とても四十代には見えない。

二人はコーヒーを飲み、サンドイッチをつまんだ。

「お呼びたてして申し訳ありません」

と、藍は言った。

「いいえ。西崎麻衣さんから電話をもらっていましたから」

と、明美は言った。「麻衣さん、肺炎を起しかけたそうですね」

「雨の中を、傘もささずに歩いていたので」

「まあ……」

「勇一さんのコートを着て歩いていたんです」

「そうだったんですか。この間、コートを貸してくれって、うちへ来て……」

「その後、勇一さんをひいた車の捜査は？」

「さっぱりです」

と、明美は首を振って、「問い合せてみるんですけど、うるさそうにされるだけで……。捜査する気なんかないいんじゃないかと思いますわ」

「そうですか」

「自分で犯人を見付けてやりたいくらいです。でも、生きていかなきゃなりません。仕事を失ったら、勇一の供養もできませんし」

藍はバッグから雑誌を取り出すと、

「これをお読みになっていただけますか」

と、明美の前に置いた。

明美は、その開かれたページに目を通し、

「この、〈幽霊と話のできるバスガイド〉って……」

「私のことです」

「まあ」

「むろん、そう簡単なことではないんですが、ある程度、霊感が人より強いのは本当なんです」

「それで……」

「勇一さんが亡くなったときに持っていた傘ですが」

「ああ、麻衣さんが持っていると思いますが」

「その傘を開くと、勇一さんの声が聞こえるということなんです」

藍の言葉に、明美の頰が赤く染《そま》った。

「それは……どういうことなんでしょうか。そんなことがあり得るんでしょうか」

上田明美の声が震えている。

「もちろん、科学的には説明できません」

と、町田藍は言って、わざとコーヒーをゆっくり飲んで間《ま》を空けた。「麻衣さんの幻想だという可能性もあります。でも、私自身のこれまでの経験から言って、そういうことも起り得ると思うんです」

「分ります」

と、明美は肯《うなず》いて、「勇一は、まだ十七歳でした。あんな死に方をするなんて、どんなに悔しかったでしょう。きっとこの世に心を残してるんです」

「そうお考えいただければ」

と、藍は言った。「その声が、麻衣さんにだけ聞こえるものか、それは分りませんが……」

「私にも聞かせて下さい！」

と、明美は身をのり出した。

「私がご一緒しましょう。多少なりと、『受信状態』が良くなるかもしれません」

明美は微笑んで、

「まるで携帯電話ですね」

と言った……。

タクシーを降りると、藍は運転手に、

「この先の広い道へ出た所で待ってて下さい」

と、声をかけた。

一緒に乗って来たのは、西崎麻衣である。

「――このすぐ先です」

夜はほとんど真暗で、確かに狭く寂しい道である。

白っぽいコート姿が見えて、向うから二人の方へやって来た。

「麻衣さん」

「お母様……」

麻衣は深々と頭を下げて、「ご心配かけてすみません」

「いいえ。もう大丈夫なの？」

と、明美が訊く。

「はい、もうすっかり」

麻衣は手にした雨傘を、ちょっと持ち上げて見せ、「持って来ました」

「あの子があなたに話しかけるんですってね」

「はい。本当なんです」

「私にも話してくれると嬉しいけど」

「勇一さん、お母さんのことが大好きでしたから、きっと……」

「だといいけど」

藍は、麻衣の肩に手をかけて、

「事故のあった場所に行きましょう。きっとそこが一番可能性は高いと思うので」

「もう少し先です」

三人は暗い道を歩き出した。

「――麻衣さん、よく出て来られたわね」

と、明美が言った。

「父は今日出張で帰りません」

と、麻衣は言った。「それに母は最近睡眠薬をのんで寝るので、朝までまず起きることはありませんから」

「でも、この間、どうしてそんな大雨の中を歩いてたの？」

「すみません。勇一さんと同じ格好して雨の中を歩いたら、もっと何か聞こえるかと思って……」

「だめよ、もう。肺炎になりかけたんでしょ？」

「ええ」

麻衣は照れたように笑った。

――藍は、恋人を失ったショックの中でも、麻衣の生命力がよみがえりつつあるのを感じていた。

　これでいいのだ。いつまでも悲しみに沈んでいてはいけない。

「ここです」

　と、麻衣は言った。

　藍はゆっくりと周囲を見回した。

「――お分りですか」

　と、藍は言った。「周囲の気温が下っています」

「本当だわ。ひんやりして来た」

「これって……」

「麻衣さん。傘を開いて」

「はい」

　麻衣が傘をゆっくり開くと、少し高く掲げるように持った。

　藍は、おそらく二人の目には見えないだろうが、白い霧のようなものが傘の上に漂うのを見た。

「――勇一さん。聞こえる？　私よ。――お母さんも一緒よ」

「焦《あせ》らないで」

　と、藍は言った。「もう少し待って」

白い霧は少しずつ濃くなって、やがてキラリと光った。

「話しかけて」

と、藍が促す。

「勇一さん。——聞いてる？」

と、麻衣が呼びかけると、

「また話せたね」

と、傘の中に声が聞こえた。

「まあ！　勇一の声だわ」

と、明美が思わず声を上げる。

「母さん？　母さんなの？」

「ええ！　ここにいるわよ」

「そうか。——良かった」

勇一の声は、時々遠ざかる感じながら、はっきりと聞き取れた。

「勇一……。寂しいわ、母さん」

「うん。ごめんね」

「あんたが謝ることないわよ」

「でも、母さんを一人にしちゃったね」

「僕はいつまでもこうしてはいられないんだ。もうあっちへ行かなくちゃ」

「勇一さん……」

「母さん、元気を出してね！　母さんはまだ四十六だろ」

「失礼ね。四十五よ」

「あれ、そうだっけ」

三人が一緒に笑った。

藍はふと振り向いた。——何か音がしたようだが。

「麻衣のこと、頼むよ。仲良くしてね」

「ええ、もちろんよ」

と、明美は言った。「私の娘みたいだわ」

「勇一さん——」

藍は、暗がりの中に目をこらした。

何かが近付いてくる。——藍ははっきりとエンジンの音を聞いた。

「危い！」

と、藍が叫ぶと同時に車のライトがカッと三人を照らした。

藍は二人を思い切り押して、道の外側へと押し倒した。

車が猛スピードで藍の体をかすめるように走り抜ける。藍は危うく逃れて、道に尻もちをついた。

車はそのまま走り去った。

「――大丈夫ですか？」

「ええ……」

明美が体を起して、「麻衣さん！　けがは？」

「いいえ……。泥だらけになっちゃったみたい」

と、起き上って、「――傘！　勇一の傘は？」

「見て」

藍が上の方を指さした。

空中をゆっくりと漂っていた傘が、フワリと下りて来た。

「良かった！」

麻衣が立ち上って、その傘を捕まえる。

「でも、今の車……。何なのかしら」

と、明美は立ち上って言った。

「あれは明らかにお二人を狙って来た車ですね」

と、藍は言った。

「狙って？　でも、どうして……」

「勇一さんをはねた車も、もしかしたら、故意だったのかもしれません」

と、藍は言った……。

4　雨か涙か

「また雨か……」

廊下で足を止めた西崎は、ため息と共に呟《つぶや》いた。

「——校長先生」

と呼ばれて振り向く。

そこには誰もいなかった。

ただ、男物の傘が、広げたまま風に吹かれているのか、ゆっくりと回っている。

「誰だ？」

と、西崎は言った。「——誰かいるのか」

すると、

「こんな所に」

と、声がして、バスガイドの制服を着た女性が現われると、傘を拾い上げた。

「あんたは……」

と、西崎は眉を寄せて、「確か、麻衣を病院へ運んでくれた……」

「〈すずめバス〉の町田藍と申します」

「こんな所で何をしてるんだね。ここは学校の中だ」

「お迎えにあがったんです」

「私を？」

「この傘、上田勇一さんが車にはねられたとき、さしていたものです」

「何だって？」

「これから、その現場へバスで向います」

「何をしようというんだ」

「この傘が、勇一さんをはねた犯人を教えてくれるかもしれないのです」

「何を馬鹿な……」

「ぜひ一緒においで下さい。バスでは、麻衣さんもお待ちです」

「何だって？」

西崎は少し迷っていたが、「――分った。もう放課後でもあるしな」

「では、こちらへ」

藍が、自分の傘を広げて、雨の中、西崎を校門の前に停っているバスへと案内した。

「やれやれ……」

少し濡れながらバスに乗り込んだ西崎はびっくりした。

「聡子……。お前も来たのか」

妻の聡子が、麻衣と並んで前の方の席に座っていたのだ。

そして、すぐ後ろには上田明美が座っていた。西崎を見て会釈《えしやく》すると、

「その節は……」

「ああ……。息子さんは気の毒だったね」

と、西崎は言って、「――他の人たちは？」

バスには、他に十数人の乗客がいた。

「――このツアーの客です」

と、セーラー服の少女が言った。「遠藤真由美といいます」

「ツアー？」

「〈幽霊体験ツアー〉ですよ」

と、真由美が言った。

「何だと？」

「お父さん。その傘からね、勇一さんの声が聞こえるの」

「麻衣、お前、何を言ってる！」

「本当なのよ。あの現場で、実験してみたいの」

「お前は……。まあいいだろう」

西崎は、ややふてくされて、空いた座席に腰をおろした。

「出発しましょう」

と、藍が声をかけると、君原がバスを動かした。

「――幽霊だと。馬鹿らしい！」

と、西崎がブツブツ言っている。

「麻衣」

と、聡子が言った。「あなた、本当に――勇一君の声を聞いたの？」

「うん、本当よ。お母さん」

と、麻衣は言った。「勇一さんのお母さんも、町田さんも聞いたわ」

「そう……。そんなことがあるのね」

と、聡子は肯いた。

「あるもんか！」

と、西崎が怒鳴った。「そんなのは作り話か、幻覚だ」

「いいえ、あなた……。私は、あるかもしれないと思うわ」

「聡子――」

「愛情って、時には信じられないことを起すものだわ」

西崎はフンと鼻を鳴らして、

「下らん！」

と言ったきり、黙ってしまった。

——バスは狭い道へと入って行った。

「この先です」

と、藍は立ち上って、「恐れ入りますが、バスを停めておくと他の車が通れません。ここで降りて、歩いていただきます。バスはこの先の広い道で待たせますので」

ゾロゾロと全員がバスを降りる。

バスは先へ走って行き、みんなは藍について、道の端を一列になって歩いて行った。

「——ここです」

と、藍は言った。「皆さん、車に用心して、できるだけ道の端に寄って下さい。そして、この霊はとてもデリケートなので、どうかお静かに。動くと、空気を乱します」

藍の言うことには、みんな素直に従う。

「——では、麻衣さん、傘を広げて」

「はい」

麻衣は傘を広げると、しっかりと手に持って、勇一の死んだ場所に立った。

「しばらくこのままに」

と、藍は言った。

沈黙が続いたが、何も起きない。

藍も、全く霊の気配を感じなかった。

「――勇一さん！　何とか言ってよ！」

と、麻衣がたまりかねて言った。

「待って。辛抱して」

と、藍はなだめた。「我慢して、待つのよ」

西崎は肩をすくめて、

「もともとインチキなんだ。こんな茶番をいつまで――」

「黙って！」

と、藍は遮《さえぎ》った。「霊が……」

傘の上に、かすかに白い霧が漂っていた。

そして、少しずつそれは濃くなっていった……。

「来たわ」

と、真由美が囁《ささや》くように言った。

すると、傘の中に、

「麻衣？　君かい？」

と、遠い声がした。

「勇一さん！　良かった！　私よ」

と、麻衣が言った。

「麻衣？　――よく聞こえない。とっても遠いんだ……」

「勇一！」

と、明美がやって来た。

「母さん？　――ああ、もう時間がない。麻衣、母さん、元気でね」

「勇一さん！　待って！　もう少し――」

「麻衣……」

勇一の声は、かすれて消えて行った。

傘の上の霧も、かき消すようになくなった。

「もう届かないわ」

と、藍は言った。「残念だけど」

麻衣はうずくまるようにして泣いた。明美がその肩を抱く。

しばらし、誰も口をきかなかった。

「――でも、聞こえたわ」

と、真由美が言った。「凄《すご》いわ。こんなこと」

「確かに聞こえた！」

「感動的だったな」

と、客たちは口々に言った。

「——沢山《たくさん》だ！」

と、西崎は駆け寄ると、麻衣の手から傘を奪い取り、「こんな物が何だ！」

と、地面に叩《たた》きつけ、足で踏みつけた。

「お父さん！　やめて！」

と、麻衣が駆け寄って父親を止めた。

西崎は、青ざめた顔で、大きく息をつくと、

「——俺がやったんだ」

「お父さん……」

「俺が車で、あの男の子をはねた」

「お父さんが？」

「お前を、あんな奴《やつ》にとられてたまるか、と思った。しかしお前はまだあいつのことを思ってるのか」

「お父さん……」

麻衣は地面に座り込むと、壊れた傘を抱きしめて泣いた……。

「西崎さん」

と、藍は言った。「自首するつもりですか」

「他に仕方あるまい」

と、西崎が言った。「ただ、一旦学校へ戻って、片付けたいことがある」

「分りました」

と、藍は言った。「バスでお送りしましょう」

そのとき、

「いいえ！」

と叫ぶように言ったのは、聡子だった。「あなた、死ぬつもりね！」

「聡子――」

「違います」

と、聡子は言った。「やったのは主人じゃありません。私です」

「お母さん……」

麻衣が愕然《がくぜん》とする。

「主人にとっては、何より麻衣が大事でした。勇一君を殺すつもりだと私には分ってた。だから私が先に――車ではねたんです」

「聡子……」

「でも、あなたは……。それを知ってたはずなのに、やっぱり麻衣に執着していた……」

聡子は、じっと夫を見て、「あなたは私の気持を分ってくれなかったのね。あなたに代って、人殺しまでしたのに」

「聡子、俺は……」

「私は、この子も殺そうとした」

「お母さん！」

「あなたが生きてる限り、主人は私のものにならなかったから」

「ご自分の娘を？」

と、明美は唖然《あぜん》として、「何てことを！」

「他の人に分るもんですか。私がどんなに主人を愛しているか」

「奥さん」

と、藍は言った。「でも今、ご主人はあなたをかばって、自分が罪を引き受けようとなさったんですよ」

聡子はハッとしたように、

「あなた……。私のことを……」

「お前は病気なんだ」

西崎は妻の肩を抱いて、「俺が悪かった。――もう、これからずっと一緒にいる」

藍は、麻衣の手を取って、

「辛《つら》かったわね。――でも、いつか真実を知らなくては」

「はい……」

と、麻衣が肯く。

そのとき、真由美が、

「雨だわ」

と言った。「こんなに晴れてるのに!」

雨が降り始めた。

藍たちのいる辺りだけに、その雨は降り続いたのである。

「勇一さんだわ」

と、麻衣が言った。「あの人が降って来た!」

別れと赦《ゆる》しの雨だ、と藍は思った。

誰もがその雨に濡れるまま、じっとその場に立っていた……。

その一年後、藍の下《もと》へ一通の手紙が届いた。

上田明美からで、あの後に出会った男性と再婚し、四十六歳で子供が生れたと知らせて来たのだった。

「勇一が、生れ変って来てくれたのだと思っています」

と、手紙は結ばれていた……。

日陰屋敷の宴《うたげ》

1　日当りは良好

チャイムをしつこく鳴らしたが、何の応答もなかった。

「おかしいな……」

と、朝井玲子《あさいれいこ》は呟《つぶや》いた。「いないわけ、ないのに」

もう一度チャイムを鳴らして、それでも返事がなければ帰ろう。そう決めて、玲子はチャイムへ手を伸した。

すると——ドアがスッと細く開いた。

「——みゆき?」

中から誰かが開けたのかと思ったが、覗《のぞ》き込んでも、誰もいない。

「妙ね」

首をかしげて、ともかく中へ入った。

暗いわね……。昼間だというのに、日が当らないせいで、家の中は暗く、冷え冷えとしていた。

「みゆき？　玲子よ。――いないの？」

玄関には、飯坂《いいざか》みゆきの靴とサンダル。

仕方ない。上って、朝井玲子は居間を覗いた。

「みゆき？　――どこ？」

みゆきの方から、今日の午後三時に来てくれと言って来たのである。いないとは考えられない。

朝井玲子と飯坂みゆきは、以前同じ団地に住んでいて、仲良くしていた。

お互い、子供が小さくて、同じ年齢だったこともあって、よく子供同士、一緒に遊ばせて、母親同士はおしゃべりしたものである。

そのうち、飯坂みゆきはこの一軒家を買って引越した。

それから半年。――以前の団地からは大分遠く、電車とバスで二時間もかかるので、結局玲子は一度もこの「新居」を訪れたことはなかった。

自然、みゆきとも疎遠になっていたのだが、数日前突然みゆきからケータイに電話がかかり、

「お願いだから、一度うちに来て」

と頼まれた。

みゆきの口調には、どこか切羽詰《せっぱ》まったものが感じられたので、玲子はこうしてやっ

て来たのだが……。

「――いないわね」

と、玲子は呟いて、「みゆきったら、忘れてるのかしら？」

まあ、何か急な用ができたのかもしれない。

玲子は、少し待ってみようと思った。

みゆきはケータイを持っていないので、連絡の取りようがない。

「それにしても……。日当りの悪い家ね」

午後の三時だというのに、居間は明りをつけないと暗くていられない。

外の庭――といっても小さなものだが――も、全く日が当っていなくて、まるで夜のように薄暗い。

玲子は、その辺に置いてあった雑誌をパラパラめくったりして時間を潰《つぶ》していたが、三十分しても、みゆきは戻らない。

「もう……。帰ろうかしら」

と、玲子は呟きつつ、庭へのガラス戸の方へやって来た。

小さな花壇らしいものがあるが、日が当らないせいか、花は一つもない。そして、こんな庭には不つりあいな木が一本……。

結構幹も太く、しっかりした古い木である。

玲子はその木を眺めているうち、ふと妙なものに気付いた。

幹の中ほどから、少しはみ出して見えるのは、人の足先のようだが……。

玲子はガラス戸を開けると、そこにあったサンダルを引っかけて、庭へ出て行った。

そして木の向う側へ回ったが……。

「みゆき！」

息を呑《の》んだ。——木の幹に隠れて見えなかったのだ。

飯坂みゆきが、枝から首を吊って死んでいたのである。


「それが一年前のことです」

と、玲子は毛布にくるまって震えながら言った。

「さあ、熱いスープを」

と、カップを持って来たのは、町田藍である。

ここは藍の住い。

しかし、藍も髪が濡《ぬ》れたままで、トレーナー姿。

「それで、どうして身投げなんて……」

と、藍は言った。

「本当にご迷惑かけてすみません……。ハクション！」

——朝井玲子は、藍のアパートに近い公園で、池に身を投げたところを、ちょうど通りかかった藍に助けられたのである。

熱いスープを飲むと、玲子は少し落ちついたようで、

「ああ……。やっぱり、生きてるって、いいことですね」

と、ため息と共に言った。

「飛び込む前に気付いてくださったら、私も濡れなくて済んだんですけど」

と、藍が言うと——二人は一緒に笑ってしまった。

「町田さんは、こんなに帰りが遅いのは、お仕事のせいですか？」

と、玲子が訊《き》いた。

「はい。バスガイドをしていますの。観光バスの」

「まあ。じゃ、〈Hバス〉？」

「昔はそこにいたんですけど、リストラされまして」

と、藍は言った。「今は〈すずめバス〉という小さな会社に」

「〈すずめバス〉？」

「ご存じないでしょ。当然です」

「あ、もしかして……」

と、玲子はまじまじと藍を見つめて、「いつか週刊誌に載ってた、〈幽霊と話のできる

バスガイド〉さんですか?」

「まあ、そうです」

と、藍は気が進まなかったが、嘘《うそ》もつけず、「記事は大げさですけど……」

「天のお導きですわ!」

と、玲子は藍の手をギュッとつかむと、「お願いです! あの家の霊を追い払って下さい!」

と、頭を下げたのである。

「ちょっと待って下さい。──何のお話ですか?」

「みゆきが死んで、残されたご主人と娘さんは、あの家にはいられないと言って──。当り前ですよね。二人で越して行きました」

と、玲子は言った。「それで──飯坂さんたちの暮しも大変だと分っていたので、うちがその家を買い取ったんです」

「まあ……」

「私は気が進みませんでした。でも主人はエンジニアで、そういう類《たぐい》のことは全く信じないんです」

「じゃ、お子さんと三人で?」

「ええ。もちろん、家は常識外れの安い値段で買えました。それでも、飯坂さんたちとしては売れただけで喜んでくれました……」

「それで……」

「私たちの一家が、あの家に移ったのは八か月ほど前のことです。初めのうちはどうということもなくて、もちろん団地住いよりずっと広く、主人も娘のルミも喜んでいたんですが……」

玲子の顔が再びかげった。「三か月くらいたったころから、様子がおかしくなったんです。以前はめったに怒ったりしなかった主人が、いつも苛々《いらいら》と怒鳴るようになり、決してしなかったこと――私や娘に手を上げるようになりました」

「まあ」

「私は、主人が仕事の悩みでもあって荒れているんだろうと自分へ言い聞かせてたんですが……。娘のルミがそのうち熱を出して寝込んだりするようになりました。とても元気で、丈夫な子だったんですが……」

「一旦《いったん》悪くなると、何ごとも悪い方へと転《ころが》って行くものですね」

「ええ。でも――それだけじゃありません」

「というと？」

「ルミが、うわごとを言うように……。いいえ、熱のないときも、時々、一人で見えない『誰か』と話をしてるんです」

「ルミちゃんはおいくつですか?」

「今、八歳です」

「じゃ、色々もう分る年齢ですね」

「はい。それで、主人は気味悪がって娘を殴ったり……。そのうち、時々家へ帰って来ない日もあって。——実家へでも行ってるのかと思ったのですが、そうでもないらしく、どうやら恋人がいるらしいと私は気付きました」

「それで……」

「一週間前でした」

と、玲子は言った。「主人は夜遅く帰って来て——」

「酔ってるのね」

と、玲子は言った。

「文句があるのか」

と、朝井友哉《ともや》はネクタイをもぎ取るように外すと、「こんな家に、酔っ払ってなきゃ帰る気なんかするもんか!」

「こんな家って……。それ、どういう意味よ」

と、玲子は訊いた。

朝井はせせら笑うように、

「ずいぶん芝居が上手《うま》くなったな。俺が何も気付いてないと思ってるのか？」

玲子はわけが分らず、

「何の話？　一体何に気付いたって言うの？」

「俺は知ってるんだ！　お前が昼間、ルミが学校へ行ってる間に男を引き入れてるってことをな」

「何ですって？」

「だから俺も女を作った。それであいこだろ？」

寝室へ行こうとする夫の腕をつかんで、

「待ってよ！　勝手なこと言って、逃げないで！」

玲子は本当に怒っていた。「自分の浮気を正当化してるつもり？　ふざけないでよ！」

と叫んだ。

次の瞬間、夫の拳《こぶし》が玲子の顔面に飛んで来た。アッと思う間もなく、玲子の体は廊下を転って、玄関脇の柱に強く頭を打ちつけていた。

玲子は気を失った……。

2 断絶の家

「いいじゃないか」

と、社長の筒見は言った。

「はあ……」

町田藍は、社長の返事にちょっと戸惑ったが、「では明日お休みをいただいても……」

「休み？　何の話だ？」

――〈すずめバス〉の本社兼営業所（といっても、ここしかない）である。

「明日のツアーです。私が行く予定でしたが、そんな事情で、常田《つねだ》さんと代ってもらうことにしたので……」

「休みなど認めん」

と、筒見は言った。

「でも、社長。今、『いい』とおっしゃったじゃありませんか」

「俺は休みを取っていい、と言ったんじゃない」

「では何のことですか？」

「明日は別のツアーが一つふえるということだ」

「というと……」

「〈不幸を招く家〉。あるいは、〈呪われた家を訪ねるツアー〉だ」

藍は唖然《あぜん》として、

「本気ですか？　人の不幸につけ込んで商売するなんて……」

「他人の不幸より、我が社の不幸を解決する方が先決だ」

朝井玲子から聞いた、「不幸につきまとわれる家」のことを社長に話してしまったのが失敗だった、と藍は思ったが、手遅れだ。

「でも、社長――」

と、藍は最後の抵抗を試みた。「明日ですよ！　お客を募集する時間がありません」

「いつもの〈幽霊ツアー〉の常連に直接君が電話したまえ。二十人や三十人はすぐ集まるだろう」

藍としても、筒見の言葉が正しいと分っているので、言い返せない。

「でも――朝井さんの了解を取りませんと」

「向うが君に『来てほしい』と言ってるんだろう。それなら文句は言わんさ」

藍はただため息をつくしかなかった。

そして——実際、藍が電話したら、何と三十人近い客がやって来たのである。

「気が進まないのね」

と言ったのは、常連客の中でも一番若い、高校生の遠藤真由美、十七歳。

今日は夜のコースではないので、学校帰りにそのままやって来た。

年輩の客からは、

「今日は真由美ちゃんのセーラー服姿が見られただけでも良かった」

と言われたりしている。

バスは、まだ明るい郊外の住宅地を走り抜けていた。

「——地図だと、この先だな」

ドライバーの君原が言った。

二枚目の君原には、ひそかにファンクラブができているという話で、

「私、会長」

と、真由美が自慢している。

「私のファンクラブはないの？」

と、藍が訊くと、

「藍さんは私の宝物だもん。他の子なんかにゃ教えない！」

ありがたいのやら何やら……。

「──あの谷間か？」

と、君原が言った。

「そうらしいわね」

新興の住宅地は、土地造成がいい加減だったりすることもあるが、そこはまた別格だった。

平地が続く中、急に道の左右の土地が盛り上り、深い谷ができている。

そしてその道へ入ると、西側は深い木々に覆われていて、びっくりするほど暗い。

「急に夜になったみたい」

と、真由美は言った。

藍は答えなかった。──ゾクゾクするような冷気が足下《あしもと》から這《は》い上ってくる。

ここはまともな場所じゃない！

「いけないわ。引き返しましょう」

と言ったが、ちょうどそのとき、バスの先に、朝井玲子の姿が見えた。

それもライトをつけていないと見えないくらいだ。

「──玲子さん」

と、バスから降りて、藍は言った。「すみません。まさかこんなことになるなんて
……」

「いいえ、いいんです」

朝井玲子は開き直った様子で、「どんなことになっても、私、平気です」

「じゃあ……。電話でお話ししたお客様たちです。皆さん、お降りになって下さい」

「常連客」たちは、次々にバスを降りたが、

「こりゃ寒いわ」

「どうして昼間なのに、こんなに暗いんだ？」

と、口々に言っていた。

「本当は、もっと何軒も家が建つはずだったんです」

と、玲子が言った。「でもどうしてか、ここと両隣の三軒だけで終り……。一軒や二軒ふえても変らないでしょうけど」

「両隣のお宅は？」

と、藍は訊いた。

「誰も住んでません。私たちが越して来たときは、まだこっちの一軒は人がいたんですけど……」

「引越したんですか」

「奥さんがご主人を包丁で刺し殺したんです」

と、玲子は言った。「奥さんは逮捕されて、結局空家《あきや》に……」

あまり楽しい話ではない。

「中へどうぞ」

と、玲子が先に立った。

「お邪魔します……。皆さん、勝手にあちこち開けたり入ったりしないで下さいね」

と、藍は言った。「慣れた方ばかりなので大丈夫だと思いますけど」

何しろ、普通の建売住宅である。

玄関だってそう広くない。三十人の靴で一杯になってしまう。

ゾロゾロと、ともかくダイニングキッチンとつながったリビングルームへ。

「あの——何だか、お茶も差し上げられずに申し訳ありません」

「いえ、とてもこの人数では……」

参加者の一人が、庭へ出るガラス戸の方へ寄って、

「あの木ですね？　前に住んでおられた方が自殺されたと……」

「そうです」

と、玲子が肯《うなず》く。「切れるものなら、切ってしまいたいんですけど、とても私の力では……」

藍は、「この家って、普通じゃない！」と感じていた。

この暗さはただごとではない。

単に日陰になっているというだけで、こんなに暗くなるだろうか？

するとそこへ、

「わあ、いっぱいいる」

と、声がして、小さな女の子が入って来た。

「ルミ。――お客様よ」

と、玲子が言うと、

「みんな影じゃないのね」

「ルミちゃん」

と、藍は言った。「ごめんなさいね、突然大勢でやって来て」

「全然平気」

と、ルミは台所のクッキーをつまんで、「だって、この家、いつも人で一杯だもん」

「ルミったら……。妙なこと言わないで」

「いえ、待って下さい」

藍はルミのそばにしゃがんで、「ルミちゃん、その人たちはいつもこの家にいるの？」

「いるよ」

「今も？」

「うん。でも明るい所へは出て来ないの。あの人たち、影しかないから」

「じゃ、今はどこに？」

「廊下の奥とか、二階とか……。二階は雨戸閉めて、暗くしてるから」

「雨戸を閉めて？」

「主人が、明るいと眠れないと……」

と、玲子が言った。

「ご主人も今、いらっしゃるんですか？」

「ええ、さっき帰って来て、『疲れたから寝る』と言って、お風呂に入り……」

「違うでしょ、ママ」

と、ルミが言った。「パパはただ『疲れたから』じゃなくて、『あの子とベッドで頑張り過ぎて疲れた』って言ったのよ」

「ルミ……」

玲子が、さすがに赤くなった。

すると、

「おい、パジャマの新しいのはないのか」

と言いながら、リビングへ入って来たのは――。

「あなた！　そんな格好で！」

朝井は風呂上りらしく、バスタオルを腰に巻いただけだったのだ。

さすがに、居合せた人々もびっくりして眺めていたが、当の朝井は気にもしていない様子で、

「だからどうだって言うんだ」

と、大欠伸《おおあくび》して、「いい加減パジャマを買って来いと言っただろう!」

「分ったわよ。でも今日はタンスに入ってるのを着ておいて」

「そんなことも聞けないのか! 俺に逆らったらどうなるか、分ってるんだろうな!」

と、朝井が手を上げた。

玲子が反射的に身を縮める。

「やめなさいよ!」

と、怒鳴ったのは、真由美だった。「女に暴力振って、恥ずかしくないの!」

朝井はセーラー服の真由美をポカンとして見ていたが、

「君は……新顔か?」

「何ですか、新顔って?」

「しかし……えらく元気だな」

と、朝井がいきなり手を伸して、真由美の胸のふくらみを押した。

「何すんのよ!」

真由美が平手で朝井の頰をひっぱたいた。

バシッという音がして、朝井は仰天した様子で真由美を見ていたが——バスタオルが外れてフワリと落ちたのにも気付かなかった。

「あなた！」

と、玲子があわててバスタオルを拾い上げる。

「えいっ！」

と、真由美が突き飛ばすと、朝井は裸でみごとに引っくり返ったのだった……。

3　夜の住人

「いや、申し訳ない」

と、朝井は頭をかいた。

一応、ちゃんとトレーナーを着ている。

「朝井さん」

と、藍は厳しい目でにらんで、「私の大事なお客様にセクハラしたんですからね！」

「いや、そんなつもりは……。てっきり、あの子も『影』だと思って……」

「影がセーラー服着てるんですか？」

と、真由美は腕組みして言った。

「まあ確かに……。しかし、まさかこんなに大勢の人が本当にここにいるなんて思わないから……」

「朝井さん」

と、藍は言った。「あなたやルミちゃんには、この家に住んでる他の人たちが見えてるんですね」

「そうです」

と、朝井は肯いた。「初めはルミだけだったんです……」

「だって、ルミはそういうの好きじゃないもん」

と、ルミが言っているのが聞こえて、朝井は部屋を覗いた。

日が当らないので暗い部屋の隅で、ルミが床に座り込んでいる。

「ルミ。——何を一人でしゃべってるんだ？」

と、朝井は中へ入って言った。

「一人じゃないよ」

と、ルミは言った。「この子としゃべってるの。ほら、少し暗いけど見えるでしょ？」

「何を言ってるんだ。誰もいないぞ。――さあ、下でご飯だと呼んでる」

「うん。じゃ、後でね」

と、ルミは暗い隅の方へ手を振った。

朝井は大して気にとめなかった。よくある子供の「空想の友だち」だろう。

夕食の後、ルミはTVも見ずに二階へ上って行った。

玲子はお皿を洗っている。――朝井は何となく気になって、ルミの様子を見に二階へ上って行った。

「そうそう。学校じゃ、すぐ並ばせられてね、つまんないよね」

ルミの声がする。

朝井はそっと覗いた。――中は暗くて、目が慣れるのに時間がかかった。

ルミは壁ぎわの暗がりの中に寝ていた。

「うん……。でも、パパがそんなこと……」

「――ルミ、何してる？」

ルミは起き上って、

「パパのこと、話してたの、この子と」

「誰もいないじゃないか！　明りをつけないと、目に良くない」

朝井が明りのスイッチへ手を伸したときだった。

「明り、つけないで！」

と、女の子の声がした。

しかし——ルミの声ではない。

「ルミ。今……誰が言った？」

「パパにも聞こえたんだ！」

ルミが嬉《うれ》しそうに手を叩《たた》いた。

「ああ。しかし……」

そのとき、朝井は見た。——暗がりの奥、何か黒い影が動いているのを。

それはじっと見ていると、やがて人の形になり、ゆっくりと立ち上った。

「初めは影でしかありませんでした」

と、朝井は言った。「その点、ルミは子供だからでしょうか、初めから女の子の姿が見えていたようです」

聞いていた玲子がため息をつくと、

「私には何も見えないのに……」

「その方がいいんですよ」

と、藍は言った。「見える見えないは、持って生れた素質です」

「でも、ルミは――」

「ルミちゃんはお父さんの素質を受け継いだんです」

と、藍は言った。「朝井さん、その人たちは、今ここにも？」

「いや、こんなに明るいといられない。暗くならないとね。だから、その人たちが見えるといっても、ぼんやりとです」

「見たいな！　明りを消そう！」

と、ツアー客の一人が言った。

「そうだ。我々はそれを見に来たんだからな！」

「待って下さい」

と、藍は言った。「朝井さんのお話をうかがってからに。――そのうち、他の影も見えて来たんですね」

「ええ。夜になると、廊下の暗がりとか、押入れの中とか……。若者も老人もいるんです。そして、私の話し相手もしてくれるようになる……」

「私と話せばいいでしょう！」

と、玲子が言った。

「しかし――お前と話しても、大方どう返事するか分ってる。影たちと話してる方が面白いんだ」

「私は影以下なのね！」

と、玲子はむくれている。

「仕事の話も、会社での出来事も、みんな面白がって聞いてくれる。俺は、楽しみになった……」


「どうして奥さんはあなたのお話を聞こうとされないんでしょうね」

と、影の一人が言った。
二十五、六の、ほっそりとした女性で、朝井の話を熱心に聞いてくれていた。
「そりゃ、もう飽きちまったんだろうな。僕もそう面白い人間というわけじゃなし」

と、朝井は言った。

「それだけじゃないさ」

と言ったのは、二十七、八の男。

「どういう意味だい？」

「言っちゃだめ！」

と、その女性が言った。

「あ、ごめん」

「待ってくれ。——どういうことなんだ？」

「いえ……。何でもありませんわ」

「言ってくれよ。気になるじゃないか」

「でも……。私たちは、生きている人間の生活に干渉してはいけないことになってるんです」

「干渉って……。話すだけならいいじゃないか」

「でも……約束してくれますか。話を聞いても、何もしないって」

「分った、約束する」

　少しためらってから、その女性が言った。

「このところ——昼間ですから、私たちは二階にいるんですけど、午後になると、よくこの家へやって来る人が……」

「誰だい？」

「声だけですけど……。たぶん、この辺を回っているセールスマンじゃないでしょうか」

「セールスマンが毎日？」

「毎日というわけでも……。でも、三日に一度くらいは」

「何だろうな」

「それが——言いにくいんですけど」

「下の居間へ入って行くと、少しして、決って聞こえてくるんです。あの……奥さんの声が」

「何だい？」

朝井にも、その意味は分った。

「──玲子が？」

「でも……。見たわけじゃありません。声だけですから……」

「声ったって……。つまり浮気してるってことだろ？」

「ですから……声だけです」

朝井にとってもショックだった。

玲子が男を引張り込んで？──あいつ！

「お願いです！　奥さんに乱暴なことしないで下さい。これは私たちがしてはいけないことなんです」

「いや……。大丈夫、後は夫婦の問題だからね」

と、朝井は立ち上った。「心配しないでくれ……」

「そんな話を信じたのね」

と、玲子は言った。「本当かどうか、確かめもしないで！」

「あの影たちが嘘をついて、何か得するか？　俺はその晩、お前を抱こうとしたが、お前は拒《こば》んだ」

「そんな……。いやなときだってあるわよ！　——ねえ、町田さん？」

「私は独身なので……」

と、藍は咳《せき》払いして、「それで朝井さんは自分も浮気を？」

「これで結構もてるんですよ」

と、ニヤッとして、「前から何かとプレゼントをくれたりしていた、経理の女の子を飲みに誘ったら、ついて来たんでね」

「呆《あき》れた！」

と、玲子は眉をつりあげて、「それで私を殴ったのね！」

「あれは弾みだ」

「弾みで、あんなに凄《すご》い力で殴れるもんですか！」

「まあ……酔ってたから、ちょっと力が入ったかもしれん……」

「朝井さん」

と、藍は言った。「あなたは、その影の人たちが嘘をついても得をしないと言いますけど、前にここに住んでいた奥さんが、なぜ自殺したか、考えたことあります？」

「いや、それは……」

「向うにとっては仲間がふえることなんですよ」

朝井はハッとした様子で、

「そんなことは考えもしなかった」

「玲子さんも死のうとしました。公園の池ですけど、死のうと思えば本当に死んだでしょう。私がちょうど通りかかりましたが」

「何だって？　玲子、お前……」

「あなたに疑われるなんて、耐えられなかったのよ」

「そうか……。じゃ、あの話は……」

「ここは、昼も影になって暗いので、死者たちが集まって来たんでしょう。住みやすい所だから」

「どうしたらいいでしょう？」

と、玲子が言った。

「向うは大勢です。この家に、もう住みついてしまっている。――あなた方が出て行った方がいいと思いますよ」

「分りました！　あなた、引越しましょうよ、こんな所から」

「そうだな……」

朝井も目が覚めたように、「すまん。俺はどうかしていた」

　藍は、ツアー客の方へ向くと、

「お聞きの通りです。この家は危険なんです。——このまま今夜は引き上げましょう。申し訳ありませんが」

　客たちは残念そうだったが、

「藍さんがそう言うのなら」

と、諦《あきら》めてくれる。

「では、もう失礼して——」

と言ったときだった。

　突然、明りが消えて、家の中は全くの闇に包まれた。

4　脱出

「停電?」

と、真由美は言った。

「そうじゃないと思うわ。——みなさん、じっとしてて下さい!　玲子さん、懐中電灯とかは……」

「台所に確か——」

客の一人が、

「ここだ！　小さなランプがついてる」

「つけて下さい！」

「あれ？　――だめだ！　つかない」

そのとき、ヒヤリとする冷気が藍たちを包んだ。

「ママ？」

「ルミ！　どこなの？」

「ルミちゃん」

と、藍は言った。「明りを消した？」

暗闇の中で、ルミが、

「だって……お友だちに頼まれたんだもの」

「じゃ、懐中電灯も？」

「電池を抜いてくれって言われた」

そのとき、

「ワッ！」

と、客が叫んだ。「何か触った！　冷たいものが」

藍は目を閉じた。目を開けていると、視覚に頼ろうとしてしまう。

感じる。――リビングへと次々に入って来る霊を。

「やめて下さい！」

と、藍は叫んだ。「どうしてこんなことを？　生きている人間を連れて行こうとするなんて！」

庭の方で、木がメリメリと音をたてた。

次の瞬間、家が揺れるほどの衝撃があった。

「木が倒れたんだわ」

と、藍は言った。「大丈夫。家に倒れかかったんです」

木が……。そうか。

「――飯坂みゆきさんですね！」

と、藍が叫ぶと、影の動く気配が止った。

「みゆきが？」

「玲子さん。みゆきさんの恨《うら》みですよ。あの木で首を吊った恨みが、ここに残って、さらに霊を招いたんです」

藍はゆっくりと目を開け、闇の中を見つめた。

「――そこにいるんですね」

「あなたは霊が見えるのね」

と、声がした。

「なぜこの人たちに仕返しを？　恨みを捨てて下さい！」

「捨てられないわ」

と、みゆきが言った。「恨みだけなら捨てられるけど、私はまだ愛してる……」

「——何ですって？」

藍は、ジリジリと庭へのガラス戸の方へ動く気配を感じた。

「——朝井さん！」

「何だ」

「あなたは——みゆきさんと？」

沈黙があった。

「あなた……。本当に？」

玲子の声はかすれていた。「みゆきと浮気してたの？」

「それは……みゆきが寂しいと言って来て……。会社へやって来たんだ」

「そんなこと……」

「ほんの……数回だけだ。本当だ」

「あなた……。みゆき、ごめんね！　私は何も知らなかった！」

「玲子。私、友哉さんを連れて行きたいの」

「やめて！　私の夫、ルミのパパなのよ！」

「私は一人で死んだのよ……。死ぬつもりじゃなかったのに」

「――どういうこと？」

「あの日、あなたがここへ上って来て、私は首を吊るふりをしたの。あなたが当然すぐ気付いてくれると思ってた」

「そんな……」

「私が死のうとするくらい思い詰めてると分れば、あなたが友哉さんと別れてくれるだろうと思ったの」

「じゃ、見せかけだったの？」

「そのつもりが、足が滑って……。乗っていた椅子が倒れてしまった。――苦しんで、声を出そうとしたけど、声にならなかった……」

「みゆき――」

「諦め切れない！　私、友哉さんが欲しいの！」

「赦《ゆる》してくれ！」

と、朝井が叫んだ。

藍は小声で、

「真由美ちゃん、いる？」

「台所へ行って、ガステーブルの火をつけて」

「ここよ」

「分った」

あの懐中電灯のかけてあったランプを目印に、真由美は手探りで進むと、ガステーブルを見付け、コックをひねった。

ボッと青い火が上る。

藍はリビングのテーブルのテーブルクロスを引きはがすと、丸めて、そのガスの青い火へと投げつけた。

テーブルクロスが燃え上った。

その明るさで、リビングの中が浮かび上る。

影たちが一斉にリビングから逃げ出す。

「藍さん！　カーテンに火が！」

「燃やすのよ」

と、藍は言った。「玲子さん、ルミちゃんを抱いて、外へ」

「はい！」

「家は焼けてしまいますけど」

「構いません」

「朝井さん！　立って！」

真由美が朝井の手を引いて立たせた。

「皆さん、早く外へ！」

と、藍が客たちを玄関の方へ押し出した。

火はカーテンから天井へと広がって行った。

藍は最後にリビングを出た。

廊下に、女が立っていた。

「みゆきさんですね」

「私の邪魔をしたわね……」

「朝井さんを連れて行けば、きっと後悔します」

「あなたに分るもんですか！」

「愛は独占するだけのものではありません」

と、藍は言った。「分って下さい」

廊下に煙が満ちてくる。藍は咳込んだ。

「どうして逃げないの」

「あなたが分って下さらないと。――私が霊と話せるのは、死んだ人たちを慰めるためですから」

火が台所を包んでいた。

表から、

「藍さん！——藍さん！」

と、呼ぶ声がする。

「——分ったわ」

みゆきが微笑《ほほえ》んだ。「あなたのような人もいるのね」

「みゆきさん……」

「行って。その代り、ときどきあなたの所へおしゃべりしに行くかもしれないわよ」

「どうぞ、いつでも」

藍は玄関から外へ出た。

「藍さん！」

真由美が走り寄ると、「良かった！　死んじゃったかと思った！」

「大丈夫。ちょっとむせただけ」

藍は家から離れた。

朝井たちの家はたちまち炎に包まれ、その火は両隣にも燃え移った。

朝井がルミを抱き上げ、

「パパが悪かった」

と言った。

「あなた……」

と、玲子が言った。「その会社の可愛い子を愛してるの？」

「あれか。――誘ったけど、体《てい》よく断られたよ」

「まあ……。おかしいと思ったわ。あなたがそんなにもてるなんて！」

と、玲子は笑って言った。

三軒の家が炎に包まれると、その火で辺りは明るくなった。

「――明るいっていいわね」

と、真由美が言って、藍の手を固く握りしめた。

人形を呪わば

1　訪問

それがいつやって来たのか……。

幸子《さちこ》にもよく分らなかった。

ともかく、自分が買ったわけでないのは確かだ。

その夜も、幸子は泣いていた。

「うるさい！」

夫は怒鳴っている。

泣けば怒鳴られ、殴られる。

幸子がまた泣く……。

そのくり返しである。

「もうやめて……」

「やめてほしきゃ、泣くな！」

と、また拳《こぶし》が飛んでくる。

幸子は、寝室から逃げ出して、トイレにこもる。

一人になれるのはここだけだった。

といって、もちろん、ここに一日中居続けるわけにはいかない。

ただ——しばらくこもっていると、うまくすれば……。

静かだった。

幸子はトイレットペーパーを少し切って涙を拭《ぬぐ》い、はなをかむと、そっとトイレのドアを開けた。

寝室の中をこわごわ覗《のぞ》くと、夫がいびきをかいて眠っているのが見えた。——助かった!

これでもう、夫は朝まで起きないだろう。

床に空《から》のコップが転《ころが》っていた。それを拾って、台所へ持って行く。

コップを洗いながら、また涙がこみ上げて来た。

小山《こやま》幸子は今四十二歳。夫は一つ年上だった。

夫も初めから暴力を振ったわけではない。

子供はできなかったが、世間並みには夫婦らしい暮しだった。

それが、三年前、夫の勤めていた会社が不景気で傾き、他の会社に吸収合併された。

クビにはならなかったが、それまで技術畑だった小山も全く畑違いの職場を転々とさせられるようになった。

その不満とストレスが、家での深酒になり、妻への暴力になるのに半年もかからなかった……。

「――ひどい顔」

洗面所で、鏡を見て呟《つぶや》く。――殴られたあざは、化粧では隠し切れない。

もうご近所ではとっくに評判だった。

パジャマに着替えて、毛布と枕を抱え、居間のソファで寝る。

初めのうちこそ、夫の気持も分る、と思っていたが、ここまで来ると……。

「私が何したっていうのよ！」

と、口に出して言ってみた。

このところ、特に暴力を振う日がふえた。――同じ〈K建設〉に勤める夫を持つ奥さんから、幸子は聞いた。

今、小山の上司は親会社のエリートで、まだ三十五歳で課長なのだという。自分より八歳も年下の課長に何を言われても逆らうことができない。

その自分の惨《みじ》めさ、ふがいなさを、さらに弱い幸子をいじめることで晴らしているのだろう。

でも、そんな理屈が分ったところで、夫の拳が痛くなくなるわけではない。目の周りのあざが消えるわけでもない……。

ああ。いつまでこんな夜が続くのだろう?

幸子は毛布を頭までかぶって目を閉じた。

眠れるものかどうか分らなかったが……。

しかし、いつしか幸子は眠っていたのである。

そして、幸子は妙な夢を見た。

自分が徹夜で何かを作っているのだ。熱心に、心をこめて。

何を作っているのか、自分でもよく分らなかった。そして夢の中で自分の手元が見えると、そこには布を使って、中に綿を詰め込んだ十センチほどの人形ができていた。

人形なんか、作ったこともないのに。

しかも、その人形はちっとも可愛くなかった。小太りな中年男という感じで、顔は幸子の知っている誰とも似ていなかった……。


ソファから危うく落ちそうになって、幸子は目を覚ました。

朝の光が居間へ差し込んでいた。

起き上って、深く息をつく。——夢のことを思い出した。

人形を作ってたんだわ。どうしてあんな夢を……。

ソファから下りようとして、幸子は床に何か落ちているのに気付いた。

「――嘘《うそ》でしょ」

拾い上げて面食らった。

それは布の人形。――幸子が夢の中で見た人形そのままだ。

いつ、誰がこんな物、作ったの？

首をかしげていると、

「起きたのか」

夫の声にギクリとする。

「あなた……。早いのね」

「何だか目が覚めてな……」

酔っていないと、小山も優しい。「勝手に行くから寝てていいぞ」

「いいえ、朝ご飯を――」

「どうしてそんな所で寝てるんだ？」

無邪気に訊《き》く夫に、幸子は返事のしようがない。

「人形か？」

小山がその人形を拾い上げた。「どうしたんだ、これ？」

「あの……ちょっと時間つぶしに作ったの。そんなできそこないになっちゃって」

と、あわてて言いわけすると、

「待てよ。——誰かに似てるな」

と、小山は人形を明るい方へ持って行ったが、やがて声を上げて笑った。

「あなた、どうしたの？」

「いや、この人形——うちの課長にそっくりだ」

「まあ……」

「須田《すだ》の野郎、こんな風に太ってるんだ。まだ三十五だっていうのに」

「偶然似ちゃったのよ」

「そうだろう。しかし本当によく似てる」

小山はその人形をこづいて、「こいつめ！　こうしてやる！」

と、人形の左足をギュッと捩《ねじ》った。

「あなた……」

「いいんだろ？　できそこないなら」

「ええ。——じゃ、朝ご飯はどうする？」

「うん、食うぞ。何だか急に食欲が出て来た」

小山は人形をソファの上に放り投げると、

「ご飯がいいな。目玉焼きに焼魚、ミソ汁に——」

「待ってよ。急いで仕度するから」

幸子はあわてて台所に立った。

ともかく、あの妙な人形のおかげで夫は上機嫌である。幸子はホッとしながら、フライパンに卵を落とした。


買物は午前中に済ました。

近所の奥さんたちと、スーパーで顔を合せたくなかったからだ。

掃除をしたり、洗濯をしたりして、午後になると、幸子はソファでうたた寝をした。

ゆうべもあまり眠っていない。

そして——幸子は誰かの声で目が覚めた。

「どなた？」

と、体を起したが、部屋の中に誰かがいるわけはない。

「ここですよ」

と、声がした。「あなたの足下《あしもと》です」

「え？」

びっくりして見ると、あの人形が、ソファの上に立っていた。

「あなたが……口をきいたの？」

「そうですよ」

と、人形が言った。

――これは夢だ。夢なんだわ。

幸子は自分へそう言い聞かせて、それはそれで納得した。

「あなたは……私が作ったんじゃないわよね?」

「僕はここへ訪ねて来たんです。訪問客ですよ」

「お客?」

「お役に立てればと思いましてね」

「あなたが? それに――そうね、朝、主人はあなたを見て機嫌が良くなったわ」

「それだけじゃありませんよ」

「というと?」

「僕の左足を捩って行ったでしょう」

人形は、捩れたままの左足を叩《たた》いて、「おかげで立っているのが大変です」

「まあ、ごめんなさい。痛かった?」

「いえ、痛みは感じません。ただ、これでご主人のお役に立ったはずです」

「どういうこと?」

「すぐに分りますよ」

と、人形が言ったとたん、電話が鳴った。

幸子が電話の方を振り向いて、もう一度人形を見ると——。もう人形はただの人形になって、ソファの隅に転っていた。

「夢……よね」

今、目が覚めたのかしら。でも……。

幸子は、鳴り続けている電話へと駆け寄って、受話器を上げた。

「もしもし？」

「幸子か。俺だ」

「あなた、どうしたの？」

「いや……。今朝の人形、まだあるか」

幸子はドキッとした。

「もちろんよ。どうして？」

「いや、実は……」

小山の声はいやに落ちつかなげだった。「今朝言っただろ。その人形、課長の須田とそっくりだって」

「ええ。それがどうしたの？」

「人形の左足は——まだ捩ったままか」

「そのままよ」

「幸子……。須田課長が今朝自宅で……。足を骨折したんだ。左足を、それもひどく」

「あなた……」

「聞いてみると、ちょうどあの時間だ。しかも、須田課長はどこにぶつけたわけでも、転んだわけでもなく、突然骨折したと言ってる」

「あなた、まさか……。そんな馬鹿げたこと、信じてるの?」

「分らない。しかし、須田が骨折で三か月か、悪くすると半年、休むのは事実だ」

「そう……」

「俺がその間、課長の代理なんだ」

と、小山は言った。

2 焼け跡

「それが、恐ろしい悲劇の幕開けだったのです」

と、町田藍は言った。「小山建吾《けんご》は、課長代理として久しぶりに『人の上に立つ』快感を味わったのでした。その満足感、人が自分の言うことを聞く、という権力の実感。それは魔力のように小山を捉《とら》えてしまったのです……」

「もうじきだ」

と、ドライバーの君原が言った。

「はい。――皆様、私の退屈な話をお聞きいただいている内に、バスは目的地に近付いて参りました」

夜の観光バス。――普通なら、こんな住宅地を大型の観光バスが夜遅くに走るなんて、考えられない。

しかし、〈すずめバス〉の観光コースは、「普通じゃない」のである。ライバル――と勝手に〈すずめバス〉の社長、筒見が呼んでいる――の〈はと〉なら、決してこんな所を飛びはしない……。

バスガイドの町田藍は二十八歳。

かの最大手をリストラされ、この、バスガイドが自分を入れて三人しかいない〈すずめバス〉へやって来た。

ここで、藍は自分の特殊能力を発揮して、独自の観光ルートを開発していた。もっとも、それは藍自身の希望ではなかったが。

人並み外れて霊感の強い藍は、しばしば幽霊と出会うことがあり、そこに目をつけた社長の筒見が、〈幽霊マニア〉、〈心霊マニア〉向けの〈幽霊体験ツアー〉を藍にやらせることにした。

今日もその一つ。

「いや、藍さんから聞くと、怪談噺《ばなし》も迫力が増すね!」

と、客の一人が感に堪えた様子で言った。

バス内に拍手が起る。

「恐れ入ります」

と、藍は言った。

実際、こんなインチキ同然のツアーでも、「あの町田藍がガイドにつくんだ」というだけで参加する人が少なくない。

いつも倒産寸前で綱渡りの〈すずめバス〉としては、三十人近い客が集まる〈幽霊体験ツアー〉は、やめられないドル箱路線なのだ。

「私も、そんな人形があったら欲しいな」

と言ったのは、この手のツアーの常連の一人、遠藤真由美。

十七歳の女子高校生という変り種で、藍とも仲がいい。

「危いこと言わないで」

と、藍が苦笑する。

「もし手に入るとしたら、真由美ちゃん、誰の人形が欲しいんだい?」

と、やはり常連のサラリーマンが訊いた。

「もちろん、意地悪な数学の先生。わざと引っかけるような問題ばっかりテストに出すんだもの」

真由美の返事に、バスの中には暖かい笑いが起った。

「そこじゃないか？」

と、君原が言った。

「待って。スピード落として」

藍はライトに照らされた前方へ目をこらした。——目的地は、一度下見している。

「違う。ここじゃないわ」

と、藍は言った。「もう一つ向うの角のはずよ」

「だけど、ここも火事の跡みたいだぜ」

「でも、ここじゃないわ。——昨日、下見に来たときには、この家、焼けてなかったわよ」

バスはさらに数十メートル進んだ。

「ここだわ。停めて」

藍は言った。

バスのライトの中に、ほぼ全焼した家の焼け跡が浮かび上った。

「お待たせいたしました。では、ここで降りていただきます」

と、藍は客へ呼びかけた。「夜でもありますし、焼け跡の中へ入るのは、釘などを踏む心配もありますので、どうぞおやめ下さい」

シュッと音をたてて扉が開く。

藍は先に降りて、客が降りて来るのを確かめ、足下をライトで照らした。

「この家なのね……」

と、バスを降りた真由美は言った。

そう大きいとはいえない建売住宅だったのだろう。元はどんな造りだったか、何色に塗られていたか、もう焼け跡からは想像もつかなかった。

「――小山が課長代理をつとめたのは、わずか一か月で終りました」

と、藍は言った。「左足をひどく骨折した須田が、医師が止めたのも聞かず、車椅子で出社して来たのです」

「凄《すご》い執念ね」

と、真由美が言った。

「須田は小山に課長の椅子を奪われそうな気がしたのでしょうね。一方小山は、一か月とはいえ〈権力〉の座についたことが忘れられませんでした……。

ある夜、小山は妻の幸子が眠っている間にこっそり起き出すと、あの人形を見付け、針で心臓の辺りを突き刺したのです」

——誰もが、藍の話にじっと息をつめて聞き入っている。

「そして翌朝、朝食をとっているとき、電話が鳴って、小山は須田が心筋梗塞《こうそく》で死んだことを知るのです」

と、藍は言った。

「それで人形は？」

と、誰かが訊いた。

「小山幸子は事情を知ると、恐ろしくなって、人形をゴミとして捨ててしまいました。でも外へゴミを出し、家の中へ戻ると、人形はちゃんと戻っていたのです」

藍はそう言って、首を振った。「どこへ捨ててもむだでした。——思い余った幸子は、人形に油をかけて火をつけます。人形はまるで生きもののように飛びはね、室内を転げ回り……。火が家を包んで、焼け落ちてしまいました。今、皆さんはその焼け跡を前にしておられるのです」

「でも——藍さんはどうしてその事情を知ってるの？」

と、真由美が訊いた。

「火事で夫の小山建吾は焼死しましたが、幸子は逃れました。そして、どこかで私のことを知っていたのでしょう、いきさつを手紙に書いて送ってくれたのです」

「じゃ、幸子って人は……」

「手紙を投函《とうかん》して、幸子は首を吊って死にました。私は訪ねて行ったのですが、待っていたのは、通夜の席でした」

「人形は……」

「この家と一緒に焼けたのでしょうね」

と、藍は言った。「皆さん、どうか人形を捜したりなさらないで下さい」

みんなが焼け跡を眺めて、無言だった。

むろん、幽霊は出なかったが、藍は少しいぶかった。——そんな出来事があったにしては、この焼け跡から何も感じられないのである。

人の恨《うら》み、人形の恨み、すべてが火で浄化されてしまったのだろうか？

カメラのフラッシュの光で、藍はハッと我に返った。

ツアーの客たちが、そんな焼け跡を写真やビデオに撮っている。中には今風にケータイで撮る者もいた。

真由美は大分前のフィルムを使うカメラで撮っていた。

「お父さんのカメラ」

と、真由美は言った。「だって、デジカメじゃ幽霊も何だか出にくいような気がして」

「それもそうね」

と、藍は微笑《ほほえ》んだ。「シャッター切ってあげましょうか？」

「それより、焼け跡をバックに、藍さんと一緒に撮りたい！　ちょっと、すみません。シャッター切って下さい」

「ああ、いいよ」

頼まれた方も、「おなじみさん」である。

藍は真由美と並んで立った。

「撮るよ！　――あれ？　シャッターが切れない」

「強く押して下さい。そのカメラ、旧式なんで」

「分った。――あ、いけね」

手元でシャッターの感触を確かめていると、切れてしまってフラッシュが光った。

「ごめん、一枚むだにしたな」

「大丈夫です。まだ余裕ありますから」

「よし、今度は大丈夫。――いくよ」

今度はしっかりシャッターが切れた。

藍は、ツアー客の一人が道をやって来るのに気付いて、

「どうかなさいましたか？」

と訊いた。

三十代の半ばくらいか。ごく地味な感じの女性だ。

「いえ、別に。——この辺、どうなってるのかしらと思って」

と、手にしたデジカメで焼け跡を撮って、

「参加させていただくの、初めてですけど、皆さん、熱心でいらっしゃるんですね」

「本当に。申しわけないくらいです」

と、藍は言った。「滅多《めった》に本物の幽霊なんか出ませんから」

「でも、やっぱりたまには出るんですね？　私なんか、気絶しちゃうかも」

と、その女性は笑った。

「ええと……刈谷里子《かりやさとこ》さんでしたね」

「まあ、名前を憶《おぼ》えてらっしゃるの？」

「仕事です。それに、この手のツアーは、常連さんが多いので、初めての方はそう何人もおいでではなくて」

「でも、幽霊に会うって、どんな気分ですか？」

「さあ……。そのときは何となく空気が変るので、分ります」

「素敵ですね」

「いざその身になると迷惑です」

と、藍は苦笑して言った。

なおしばらく、その焼け跡で時間を過してから、一行は引き上げることになった。

「藍さん、何か感じた？」

と、バスに乗り込んで真由美が訊いた。

「いいえ、何も」

「何だ。――でも、写真をプリントしたら、何か写ってるかも」

全く、妙なことを喜ぶ子だ、と藍は思ったが、何といっても〈すずめバス〉にとっては上得意である。

バスは少し先へ行ってUターンして戻って来ていた。そのまま来た道を戻る。

もう一つの焼け跡のそばを通り過ぎたとき、藍はふと何か声のようなものを聞いた気がした。

空耳《そらみみ》だろうか？

振り返ったが、もうその焼け跡は夜の中へと消えてしまっていた……。

3　復讐《ふくしゅう》

「明日も遅いの？」

訊くだけ馬鹿げていた。

夫が早く帰って来たことなど、もうここ何年もない。

「明日は出張だ。言っただろう？」

刈谷雄一《ゆういち》は雑誌から目を上げようともしなかった。

刈谷里子は片付けの手を止めて、

「そうだった？」

「言ったよ、この前」

「忘れてたわ」

と、里子は笑って言った。「一晩だけ？」

「ああ。着替えを詰めといてくれ」

「はい」

――忘れるものか。そう聞いていれば、忘れはしない。

でも、言い合ってもむだなことだ。ただ夫を怒らせるだけ。

里子は素直に、小型の旅行バッグに夫の着替えを詰めた。

「一晩でいいのね？」

「もしかすると、仕事の様子で二泊になるかな。念のため、二日分入れといてくれ」

「分ったわ」

夫の下着を、あの女が脱がすのだろうか。いや、夫が自分で脱ぐとしても、みっともないようなことにはなってほしくない。

里子は、新品の下着を選んで入れた。

「――じゃ、ここに置くわ」

「ああ」

「先に寝るわね」

「おやすみ」

「おやすみなさい……」

――里子は刈谷が若い恋人とどこかへ泊りがけで出かけると知っている。

そして刈谷も、里子が知っていることを承知だ。

それでいて、二人は決して口に出さない。

里子は、自分の部屋に入ってドアを閉めた。夫とは寝室も別だ。

「仕事に差し支える」

と、わけの分らない理由で。

独立したインテリアデザイナーとして、刈谷は人気があり、収入もある。

当然のように女を作り、遊んでいた。里子は、刈谷が無名だったころ、必死で働いて生活を支えた。

しかし、有名になると刈谷は「当然の権利」とでも言いたげに、恋人を作った……。

里子はバッグを開けると、中からハンカチにくるんだものを取り出し、床に置いて、広げた。

――布の人形。

あの「新しい方の焼け跡」で見付けたのである。

里子はいつも霊感が働くわけではない。しかし今夜はあの焼け跡から「呼ぶ声」を聞いたのだった。

「少しも焼けてないわ……」

小山幸子という女が火をつけたはずだ。

でも、人形は少しも焦げてさえいなかったのである。

あの町田藍というガイドの話では、人形は小太りな男だったという。

しかし、今里子が手にしている人形は、決して太っていない。

「――似てるわ」

と、里子はまじまじと眺めた。

夫とよく似た、その人形を。

「藍さん！」

と、よく通る声がして、真由美が走って来るのが見えた。

「どうしたの？」

と、藍は言った。「今日、学校は？」

「サボっちゃった」

と、息を弾ませ、「この写真を見せたくて」

「写真？」

「この間の、あの焼け跡に行ったときの」

「ああ」

と、藍は肯《うなず》いて、「何か一緒に写ってた？」

——藍は今日は休みである。

のんびり寝ていたら、真由美から、

「どうしても会いたい！」

と、電話が入った。

近くの喫茶店で待ち合せたのである。

「私たちの写ってる写真じゃないの」

「というと？」

「ほら、シャッター頼んだおじさんが間違って一枚撮っちゃったでしょ。それを焼いたのを見たら……」

真由美がテーブルに出した写真を、藍は取り上げた。

「刈谷里子さんだわ、この人」

あの焼け跡へと戻って来るところだ。一人で。——一人のはずだ。

だが、写真では、一人でなかったのだ。

刈谷里子の背中に、一人の男がおぶさっていたのである。

「こんな人、いなかったよね」

「ええ。——これは霊だわ」

「やった！」

と、真由美は喜んでいる。「女性週刊誌に売り込もう」

「だめよ。これは本物の悪い霊。——ネガも焼き捨てて。あなたにたたると大変」

「ええ？　——つまんない」

「ともかく、あのとき刈谷里子さんは人形を見付けたんだわ。もう一つの焼け跡で」

「もう一つの？」

「人形はきっと逃げ出して他の家に隠れてたんだわ。そこの家も焼けてしまった……」

「どうするの？」

「連絡先が分るわ」

藍は急いでケータイで営業所へかけた。

見付けた。
刈谷里子は、駅のホームで、夫の姿を見付けた。
列車が出るまで十分ほどある。
刈谷は、どう見ても二十四、五の若い女と腕を組んで、楽しげに笑っていた。
ホームは大勢の客が行き来している。まず気付かれまい。
みんな忙しい。誰が何をしていても、気にもとめないのだ。
刈谷と女は、車内で食べるお弁当を買っていた。女が声を上げて笑う。
あんな女……。あんな女のどこがいいのだろう？
里子はホームの柱のかげに立って、バッグからあの人形を出した。
そして左手に人形を持ち、右手に小さなハサミを握った。
その尖《とが》った先を、人形の右腕に突き刺す。
刈谷が右腕を押えて声を上げた。さげていた弁当の袋が落ちる。
女がびっくりして、
「どうしたの？　大丈夫？」
と訊いている。
「急に痛くなって……」

刈谷が顔をしかめて、「君、持ってくれるか」

「いいけど……」

女が袋を拾い上げた。

「ともかく乗ろう」

二人が列車へと歩き出す。

里子はハサミを人形の右足に突き刺した。

刈谷がアッと声を上げて、ホームに膝をつく。

里子はニヤリと笑った。

こんなに効くなんて！　もっともっと苦しめばいい！

ハサミを、人形の脇腹へ、首へと突き立てる。

刈谷はホームに倒れて苦痛に転げ回った。

女はただ呆然《ぼうぜん》と立ちすくんでいる。

いい気味だわ。

里子はハサミの先を人形の心臓の辺りに当てた。

「思い知ればいい。――私の恨みを」

と、呟いて、ハサミを握りしめる。

「いけません！」

里子の手をつかんだのは、藍だった。

「あなたは——」

「バスガイドの町田藍です」

「邪魔しないで！」

「奥さん。あなたは人形を使って、ご主人に復讐《ふくしゅう》しているつもりでしょう。でも、あなたが傷つけているのは、あなたご自身です」

と、藍は言った。

「何ですって？」

「その人形がなければ、あなたはご主人を殺そうとまではしなかったでしょう。人形があなたの心を悪意で染めているんです」

「そんな……」

「私に渡して下さい」

藍は人形を受け取ると、反対側のホームに列車が入って来るのを見て、駆け出した。

その列車の前へと人形を投げ込む。

列車の車輪が人形を引き裂いた。

無気味な悲鳴が、列車の下へと消えた。

「——あの人、大丈夫なの？」

藍と一緒に来ていた真由美が目を丸くしている。

「私が投げたから大丈夫。——人形が社長そっくりにでもなってなければね」

ホームでは、刈谷がやっと立ち上って、女に支えられていた。

藍は里子の所へ戻ると、

「あなたが支えてあげて下さい」

と言った。「ご主人に後悔させることが、一番の仕返しですよ」

里子は夢から覚めたように、

「あの人を愛してたのに……。殺そうとした」

「人形のせいです。もうあれは滅びましたよ」

里子は小走りに駆けて行った。

「あなた、大丈夫?」

刈谷がびっくりして、

「里子、お前……」

「もう若くないのよ。——後は私が」

女は、刈谷を里子に任せて、早々に立ち去ってしまった。

「間に合って良かった」

と、藍は息をついた。

ツアーの申込書に、夫の勤め先が書いてあったので、連絡してこの列車のチケットを買っていたことを知ったのである。

「真由美さんのおかげだわ。ありがとう」

「そんなこと……。でも、あの人形、何だったの？」

「さあ……。誰かが恨みをこめて作ったのかも。——憎しみは、憎んだ相手だけでなく、当人を毒していくのよ」

と、藍は言った。

里子に支えられて、刈谷はゆっくりと歩き出した。

「もう大丈夫」

と、藍は微笑んで、「真由美さん、何か甘いものでもおごりましょうか」

「やった！」

十七歳には、呪《のろ》いの人形より、甘いものの方が大切なのである。

暗闇本線の駅に立つ

1　提案

何とも見すぼらしい「食堂」だったが、それでも入る気になったのは、外の寒さの中で震えているよりはましだったからだ。

「いらっしゃいませ」

思いのほか、明るい女性の声が響いて、町田藍はいくらか救われた気がした。

「今晩は」

と、町田藍は言った。「あの――何か食べるものはできる?」

相当に心細い声を出していたらしい。

「大したものはないんですけど……、カレーライスかラーメンか」

「それでいいわ」

町田藍は振り向いて、「良子さんもいいでしょ?」

同じ〈すずめバス〉のバスガイド、山名良子へ訊《き》く。

「ええ!　もちろん」

良子が戸を後ろ手に閉めた。

他に客もない。——夜九時を回っていて、藍は、下手《へた》をすると、

「もう閉店です」

と断られ、追い出されるのでは、と心配していたのである。

「お茶、どうぞ」

と、藍と良子の前に湯呑み茶碗を置いたのは、びっくりするほど若い娘で、たぶんまだせいぜい十八歳というところか。

「ありがとう!」

藍と良子は、熱いお茶を飲んでホッと息をついた。

「——おいしい!」

と、良子が言った。「生き返った!」

「あの——カレーとラーメン、どっちにします?」

「ごめんなさい」

と、藍が笑って、「どっちがお勧め?」

「似たようなもんです。カレーはレトルトで、袋ごとお湯で温めたのを出すだけだし、ラーメンもインスタントに乾燥野菜を入れるだけ」

「正直ね。じゃ、カレーライス」

「私も」

と、良子が言った。

「はい」

若くて、都会的な垢抜《あかぬ》けした娘である。

「――あなたが作るの？」

と、藍は訊いた。

「ええ。私一人でやってるので。料理ができないんですよ」

――電子レンジで温めたカレーとご飯。

「安心できる味だ」

と、良子が言った。

まあ、確かに、外ではとんでもなくまずいカレーに出会うことも珍しくない。それならいっそこの方が安心だ。

ともかく、藍と良子はアッという間にカレーを平らげてしまった。

「お客さんは東京の方ですね」

と、店の女の子がお茶をいれ直しながら言った。

「ええ」

「どうしてこんな田舎に？」

「でも、そんなに遠くないじゃないの」

「距離はそうですけど、列車だと、とんでもなくかかります。それにバスも使わないと」

「ああ、そうね」

と、藍が肯《うなず》いて、「でも、このすぐ前に鉄道の駅があるのね。どこへ出られるの?」

「どこへも出られません」

と、女の子が答えた。

「どこへも?」

「ええ。この〈倉原《くらはら》〉って駅と、次の〈八木沢《やぎさわ》〉って駅の間を往復してるだけなんですよ」

「へえ……。一駅分しかないの?」

「山の中ですから、七、八分かかりますけど、車両も一両。一日に三往復です」

「へえ……」

良子が呆《あき》れて、「よく廃線にならないわね!」

「それがまあ……色々事情があって……」

と、女の子は曖昧《あいまい》に笑って言った。

「——何線って名前がついてるの?」

と、藍が訊く。

「〈暗闇本線〉」

「え？」

と、二人が目を丸くすると、女の子はニヤリとして、

「あだ名です。正しくは、〈倉八木《くらやぎ》本線〉。〈倉原〉の〈倉〉と〈八木沢〉の〈八木〉を取ってくっつけたんです」

「〈倉八木〉で〈暗闇〉か。――なるほどね」

と、良子は面白がっているが、藍は真顔で、

「〈暗闇〉ってあだ名されるようになったのは、何か理由があったの？」

と訊いた。

「ええ……。まあ、理由といっても……」

と、女の子が口ごもっていると、店の戸がガラッと開いた。

「いらっしゃいませ。あ、先生」

「やあ！　寒いね！」

コートを脱ぐと、その男は上下のスーツを着ていた。きちんとネクタイもしめて、何だかこの場に合わない感じだ。

年齢はかなり行っている。七十くらいだろうか。わずかに残った髪の毛も真白に近い。

「照子《てるこ》ちゃん！　カレーをくれ」

「はい」

その男は、藍たちを見ると、

「東京の方？　カレーを食べましたか」

と、声をかけて来た。

「いただきました」

「旨《うま》いでしょう！　ここのカレーには、この子の心がこもっとる」

「先生、やめて下さいよ」

照子ちゃん、と呼ばれた女の子は笑って、「ビールでも飲んでるんですか？」

「いや、飲んどらんよ。今まで町議会でやり合っとったんだ」

「あら。そんな難しい議題が？」

「ああ。――ついに通したぞ！」

「何ですか？」

「〈倉八木本線〉の廃線だ。議決した」

とたんに、照子の手から湯呑み茶碗が落ちて砕けた。その音は鋭く店の中に響いた。

「大丈夫なんですか？」

照子は青ざめている。

「いつかはやらなきゃならん。いつまでもあんな物を抱えちゃおれんよ」

藍は、

「失礼ですが――」

と、声をかけた。「議員さんでいらっしゃるんですか？」

「はあ、殿村隆吉《とのむらりゅうきち》といいまして、本業は酒屋の親父《おやじ》ですが」

と、笑顔で言った。

「ここの〈倉八木本線〉というのは、町が経営してるんですか」

「今はそうなんです。色々事情がありましてね」

と、殿村は肯いて、「しかし、一日三往復といっても、今はたいてい車かバスを使うので、ほとんど利用客はありません。一日に一人も乗客のないことがあるんですから」

「それでも動かしてたんですか」

「さよう。長い因縁《いんねん》がありまして……。照子ちゃん、カレーね」

「はい！　ごめんなさい」

「急がなくていいよ」

と、殿村は付け加えて、お茶を一口飲んだ。

「でも……気を付けて下さいね」

「分っとるよ。――俺は提案しただけだ。賛成した議員全部にたたるってことはあるまい」

藍と良子は顔を見合せた。

「あの——今、『たたる』とおっしゃったんですか？」

と、藍が訊く。

「ええ。都会の方には笑われそうだが」

「そんなことないです」

と、良子が言った。「この人、町田藍といって、霊感が凄《すご》く強くて、幽霊と話ができるんですよ」

「ちょっと、良子さん、やめて」

と、藍がたしなめる。

「——じゃ、週刊誌に出てた、〈幽霊と話のできるバスガイド〉さん？」

と、照子が目を丸くして藍を眺めている。

「記事は大げさなのよ」

と、藍は苦笑しながら言った。

そのときだった。ガラッと戸が開くと、冷たい風が入って来て、やせて黒のスーツを着た白髪の女性が立っていた。

「やっぱりここにいたのね」

と、その女が言った。「殿村さん。あなた、主人の恩を忘れたの？」

藍は、照子がまた青ざめているのに気付いていた。

「奥様」

と、殿村は立ち上って、「お怒りはごもっともです。しかし、町の財政の苦しさは──」

「そんなことは言われなくても分ってます」

と、その老女は言った。

いかにも「誇り高い」印象である。

「でしたら、ご理解下さい。あの〈倉八木本線〉はこれ以上──」

「あなたのためを思って言ってるのよ」

と、老女は言った。「七十で死ぬんじゃ気の毒だから」

脅しという口調ではなく、冷ややかに言われるのが却《かえ》って無気味だった。

「奥様……。議会が決定したんです」

「警告しておきますよ。用心することね」

老女はそのまま出て行った。

「──怖かった」

照子がカレーライスを殿村へ出しながら、

「ああ、心配するな。——その『先生』はやめてくれんか。俺はただの酒屋の親父だからな」

「でも議員の先生じゃないですか」

「いつまで『先生』でいられるか分らんがな」

殿村がカレーを食べ始める。

「何だか複雑な事情がおありのようですね」

と、藍は言った。

「そうなんです。あの方は——」

と、照子が言いかけたとき、カレーを食べていた殿村が突然激しくむせて咳《せき》込んだ。

「先生！　大丈夫ですか？　お水を——」

と、照子が言いかけて、「先生！　しっかりして下さい！」

殿村は胸を押えて、顔を真赤にして喘《あえ》ぐと、そのままズルズルと椅子から滑り落ちた。

「先生！」

「救急車を！　早く！」

と、藍は叫んだ。

「はい！」

「大丈夫ですか、先生？」

照子が電話へ駆け寄って、藍は床にうずくまった殿村を抱き起した。

「藍さん……」

「だめだわ。——死んでる」

と、藍は言って、必死で一一九番している照子の背中へと目を向けた……。

2　SOS

「町田君！」

〈すずめバス〉の営業所（兼本社）に出勤するなり、社長の筒見の声が飛んで来た。

藍はいやな予感がした。

筒見が妙に張り切った声で呼ぶときは、ろくなことがない。

「社長、何か……」

「聞いたよ！」

「は？」

「目の前で、人が呪《のろ》い殺されたって？　さすがは町田藍だ！」

藍はバスガイド仲間の山名良子の方をチラッとにらみつけた。良子は知らん顔で目をそらした。

「あれは呪いじゃありません。心臓発作です。ちゃんと警察でも――」

「いや、そうじゃない。君が、そんな平凡な事件に出くわすはずがない」

「どういう意味ですか」

「よく事情を調べて、新しいツアーを企画したまえ。〈呪いの鉄道〉でも、〈無人駅のたたり〉でも何でもいい！」

藍はため息をついた。

「社長、いい加減にして下さいよ。あの議員さんは別に誰かにたたられて死んだわけじゃないんですから」

「事実がどうか、なんてことはどうでもいいんだ」

と、筒見が無茶なことを言い出した。「要はツアーが作れるかどうかだ。それは君の腕にかかっている」

「そんな……。でっち上げたツアーなんて、お客が離れるばっかりですよ」

「そこを引き止めるのが、君の力だろ」

――大手の〈はと〉とは違って、弱小バス会社の〈すずめバス〉は、この本社兼営業所一つしかない。いつも倒産の危機と背中合せなのである。

社長の筒見が必死になるのも、分らないではない。

その〈すずめバス〉の切り札が、町田藍の霊感を売り物にしたツアーなのだ。

もちろん、藍がついて行ったからといって、いつもいつも幽霊が出るわけではない。

しかし、世の中には「幽霊大好き」という物好きが結構いて、藍の霊感が本物だという評判が広まると、「常連客」ができて来る。

今では、藍のファンという客が少なくないのだった。

しかし、藍にしてみれば、何も好きで幽霊と出くわしてはいない。できることなら、お付合いしたくないのである。

それでも、藍が幽霊から「逃げない」のは、幽霊のほとんどは人に「たたったり」はしないことを知っているからだ。

幽霊は哀しい存在、被害者なのである。

「――ともかく、出張を認める」

と、筒見は言った。「どんなツアーが可能か、見て来い」

「じゃ出張旅費は？」

「そんな余裕はない」

全く、もう……。

藍がため息をついたとき、

「失礼します」

と、若い女の声がした。「こちら、〈すずめバス〉でしょうか？」

その声に振り向くと、

「あ、この間の——」

と、藍は目を見開いた。

あの駅前の食堂で働いていた「照子さん」である。

「あ、町田さん！　良かった！」

と、照子は藍を見ると、ホッとした様子で、「どうしてもお会いしたくて……。でも、〈すずめバス〉って訊いても、なかなか分らず……」

そりゃそうだろう。

「よく見付けたわね」

と、藍は言うと、あわてて照子を引張って外へ出た。

筒見が照子のことを知ったら、また何を言い出すか分らなかったからである。


その日、辻野久美《つじのくみ》は七歳だった。

父、辻野竜介《りゅうすけ》か、母、加奈子《かなこ》か、どちらかが屋敷に残っていたら、その出来事は起らなかっただろう。

いつも久美を可愛がってくれる、乳母《うば》の染子《そめこ》も、運悪く病気で一週間前から休んでいた。そして、翌日に大きな法事を控えていた辻野家はその準備に追われて、誰もが駆け回っていた。

幼い久美の話を聞いてくれる者が、一人もいなかったのである。

もし久美の頼みを聞けば、辻野竜介も加奈子も、喜んで車を出し、誰かをつけてやったろう。

竜介は、この倉原の大地主で、この日は朝から遠い町へ出かけていたし、加奈子は法事のために全国各地からやって来る親戚を出迎えに行っていたのである。

「ねえ……」

と、声をかけても、

「今、忙しいんでね、遊んでて下さいな」

と言われるだけだった。

「つまんないの……」

と、久美はすっかりふくれていた。

それでも、いつもなら久美はこのだだっ広い辻野家のお屋敷の中で、一人充分に遊んでいられた。しかし、この日、久美は隣の八木沢町へ行きたかったのだ。

倉原よりはずっとにぎやかで、お店が沢山《たくさん》ある八木沢は、久美にとって「都会」だった……。

まだお昼を食べたばかりだ。

時間は充分ある、と久美は思った。

久美は、この間母と八木沢へ買物に行ったときに見たポスターが忘れられなかった。

〈少女歌劇団来《きた》る！〉

八木沢の町民ホールという所で、それは華やかなステージをくり広げると知らせていた。

久美はそれが見たかった。

何日か前に、母に頼んだこともある。しかし、法事についての打合せで忙しい母は、

「はいはい、また後でね」

と言うばかり。

そして、ついに今日になってしまった。

今日見なかったら、あのすてきな舞台はもう見られないかも……。

そう思うと、久美は決心した。

八木沢へは山道だが、道は一本で迷うことはない。何度も車で通っていたから、よく分っている。

久美には、車ではすぐでも、歩けば遠いということが、実感として分っていなかった。

そして、人々の目をごく当り前のようにすり抜けて、久美は八木沢へと歩き出していたのである……。

久美がいない、ということが分って、人々が騒ぎ出したのは、もう夕方、日が暮れかけてからのことだった。

屋敷内のどこを捜しても見付からず、みんなが青くなっているところへ、親戚たちを伴って加奈子が帰って来た。

むろん、倉原の村中に人が走った。

ある娘が、畑に出ていて、遠くの道を一人で歩いている久美を見かけていた。

「お嬢ちゃんはどこへ行かれるのかな」

と思ったが、それきり忘れてしまった。

騒ぎを聞いて思い出し、娘はお屋敷へ駆けつけた。

その道は、八木沢への山道にしか続いていない。

そして、加奈子はそのときになって、久美がせがんでいたことを思い出した。

すでに夜になっていたが、急いで帰った辻野竜介を先頭に、大勢の男たちが、八木沢への山道を急いだ。

久美の足では、とても暗くなる前に八木沢へ着くはずはなかった。

闇夜の山道を、人々は必死で急いだ……。

「それで――」

と、藍は言った。「その久美って子は見付かったの?」

「いいえ」

と、照子は首を振った。「山道の途中で、久美ちゃんの髪飾りが落ちているのが見付かりました。──そのわきは崖《がけ》で、二十メートル下は激しい流れになっています」

「じゃあ……」

「何があったのか、本当のことは分りません。でも、久美ちゃんは八木沢に着いていなかったし、山道のどこにもいませんでした。むろん、辻野さんは必死で山の中を捜索しましたが、何の手がかりもありませんでした」

「それで……」

──藍は、近くの喫茶店で、照子の話を聞いていた。

「結局、久美ちゃんは山道を歩いていて、崖から落ちて流されたのだろうということに……。辻野さんの嘆きは大変なものでした」

と、照子は冷めたミルクティーを前に置いて言った。「久美ちゃんは一人っ子で、それこそ目の中に入れても痛くないほど、可愛がっておられたそうですから」

「すると、あの鉄道は……」

「あれは、その後、辻野さんが私財を投じて作られたんです。『久美が山道を歩かずに行けるように』と……」

「なるほどね」

「でも、私は母からその話を聞いただけなんです。事件が起きたのはもう四十年も前のことですから」

藍は肯いて、

「あのとき、お店にやってきた女の人――亡くなった殿村さんが『奥様』と呼んでいたけど」

「はい。あの方が辻野加奈子さんです」

「消えた久美ちゃんの母親ね」

「ええ。――あの〈倉八木本線〉を廃線にしようという話は、この数年、度々起っていたんです。でも……」

「何か起ってるのね」

「ええ。あの殿村さんが亡くなったように、誰かが死ぬんです」

と、照子は言った。

町田藍は、照子の話を聞いて、コーヒーを飲みながら、少し考えていたが、

「今までに何人くらいの人が亡くなったの？」

と訊いた。

「ええと……、お医者さんが一人。もう十年以上前です。その人はもう八十近くて、心

臓が弱かったそうですけど」

「じゃ、偶然かも」

「ええ。——それから三木《みき》さんって床屋さん。この人は私も知ってました。子供のころにはよく髪を切ってもらって」

「その人も亡くなったの？」

「五年前くらいでしょうか。町の財政が危いというので、〈倉八木本線〉を廃線にしようと町の人に呼びかけて、署名運動を始めたんです」

「それで？」

「ある日——お店の椅子で、剃刀《かみそり》で喉《のど》を切って死んでいたんです」

「自殺？」

「ええ。でも、奥さんも理由は全く思い当らないと……。三木さんはまだ四十八歳でした」

と、照子は言った。「きっと、久美ちゃんのたたりだという噂《うわさ》が流れて、みんな〈倉八木本線〉には手を付けないようになりました」

「でも、あの殿村さんが——」

「ええ。まさかあんな風に……」

「心臓発作って話だったじゃないの」

「でも、特に心臓病というわけじゃなかったんです」

と、照子は身をのり出して、「まさかあんなことになるなんて……」

藍はちょっと首を振って、

「たたりっていうのは変ね。だって、久美ちゃんに、町の人たちを恨《うら》む理由がないでしょう」

「それは……」

「ただの偶然じゃないかしら」

「でも……」

と、照子はじっと藍を見つめて、「あの亡くなった床屋の三木さんの息子さんが、殿村さんのことで、『俺が後を継ぐ』と言って、署名活動を始めたんです」

「息子さん？」

「三木太郎《たろう》さんといって、今二十三歳です。床屋はお母さんがやっていたんですけど、二年前に太郎さんが店を継いで」

「じゃ、あなたはその三木太郎さんに何かあるんじゃないかと心配してるのね」

「そうなんです。起ってからじゃ遅いんです。お願いです！　お力を貸して下さい」

照子の表情は必死そのものだった。

「――照子さん、その人のこと、好きなのね？」

照子は頰を染めて肯いた。

「そう……。でもね……」

と、藍が言いかけたとき、

「心配はいらんぞ！」

と、突然隣のテーブルから、声がした。

「社長！　いつの間に……」

藍は、社長の筒見が立ち上るのを見て、啞然《あぜん》とした。

「その娘さんがただならぬ様子だったので、こっそりついて来たのだ」

「そんな……。人の話を盗み聞きするなんて」

「いや、これも人助けだ！　――娘さん、心配はいらんぞ。町田君は人情に篤《あつ》い女性だ。君の恋人がたたりにあうのを放っておくようなことはしない」

「ありがとうございます！」

と、照子は涙ぐまんばかり。

「社長……」

「君が来る前に話していたのだ。この件について、町田君に出張を命じた。当然、出張手当もつける。――若干《じゃっかん》な」

「はあ……」

「その代り、君も、わが社のツアーに協力してほしい」

「ツアー……ですか」

「町田藍の行くところ、怪奇な謎が待っておるのだ」

藍は、もはや何を言う気も失《う》せて、天井を仰ぐばかりだった……。

3　鉄橋

たった一両でも、鉄道である。

「まあ、これが廃線になると失業だけどね」

と、〈倉八木本線〉の唯一人の運転士、兼車掌の武井《たけい》は苦笑した。

「そうなったら、どうするんですか？」

と、武井にマイクを向けてインタビューしているのは、〈すずめバス〉のお得意さまで、藍と仲のいい、女子高生、遠藤真由美である。

「いや、今だって日に三回往復させるだけだからね。その途中は暇なんで、畑仕事をしてるんだ。この線がなくなったら、畑だけになるね。――食べていけるかどうか分らないけど」

と、武井は言った。

〈すずめバス〉が駅前に停って、町の人々が見物に集まっていた。

「午後三時に出るからね。あと少しだ」

と、武井が言うと、

「三時ですね！　──皆さん！　三時に出るそうですよ！」

真由美が呼ぶと、駅の辺りで写真やビデオを撮っていたツアー客たちが、ワッとやって来た。二十人以上いる。

「ちょっと！　──ちょっと待って下さい！」

と、藍はあわてて、「武井さん、チケット、まとめてでよろしいですか？」

「ああ、もちろん。いや、こんなに大勢乗って来るなんて、初めてかな」

五十前後の武井は笑って言った。

「往復きっぷとか、団体割引はありますか？」

と、藍は訊いた。

「そんなもの、聞いたことないね」

「では、人数かけるチケット代で。ガイドは半額でよろしいですか？」

藍も細かい。

「町田さん！」

照子が、若い男の手を引いてやって来た。

「三木太郎さんです」

「どうも」

「お世話になります」

と、藍は挨拶《あいさつ》して、「ともかく、三時の列車に乗ってみます。――何かお役に立つといいんですけど」

「僕も乗ります」

「気を付けてね」

と、照子が言って、「私、お店に戻ってるわ」

三時の列車のベルが鳴った。

「じゃ、行ってらっしゃい」

照子が一人、駅から出て、列車の方へ手を振っている。

「八木沢行き、発車します」

と、武井が言った。

扉が閉じて、列車は動き出した。

乗客たちは、たちまち右へ左へと駆け回り始める。

「――大したもんですね」

と、三木太郎が目を丸くしている。

「世間には色んな人がいます」

と、藍は言って、「——あの照子さんですけど」

「照子が何か?」

「ご両親は?」

「ああ……。それが、よく分らないんです」

「分らない?」

「赤ん坊のとき、倉原の駅に捨てられていたんです」

「まあ」

「捨て子というわけです。町は、何だか死んだ久美ちゃんのことがあるので、放っておけず、町の有志で育てることにしたんだそうです」

「照子さんもそのことを——」

「むろん、知っています。新谷《しんたに》という姓は、あの子を初めに育てた家のもので」

藍は肯いて、

「でも、明るい人ですね」

「ええ。親が分らないなんてことを、少しも感じさせないでしょう?」

——列車はゆっくりと山の中を抜けていた。

「もうじき、鉄橋を通ります」

と、三木は言った。

「鉄橋があるんですか」

「谷を渡ってるんです。ちょうど鉄橋の上辺りが、久美ちゃんが落ちたと言われてる山道です」

「ああ……」

藍は、たった一両の車両の窓に寄った。

座席はあるが、座っている者などいない。せっせと右左の窓を行き来して、写真やビデオを撮っている。

音が変った。列車は鉄橋にさしかかったのだ。

ゴーッという音がして、長くはないが鉄橋の上を走って行く。

見下ろすと、十メートルほどの所に岩を白くかむ流れがあった。

ここへ落ちたら、見付からないだろう、と藍は思った。

そのとき――突然列車が停った。

急だったので、二、三人は尻もちをついた。

「大丈夫ですか！」

と、藍はあわてて駆けつけた。

「大丈夫。尻もちだけだよ」

「武井さん、どうして停ったんですか？」

と、藍は声をかけた。

運転席は、ガラス窓のある扉で仕切られている。

藍は、扉をトントンと叩《たた》いて、

「武井さん！　――武井さん！」

と呼んだ。

これは普通じゃない。――初めて藍はふしぎな「寒さ」を覚えた。

武井はちゃんと前方を見て、運転席についているのだが、まるでストップモーションの画面のように静止して動かない。

おそらく、意識を失っているのだ。

「――藍さん、どうしたの？」

と、真由美がやって来る。

「おかしいわ」

藍は扉のガラスを何度も叩いて、「武井さん！」

と呼んだ。

「扉は中の掛け金を外さないと開かない」

「こんなこと、初めてだ」

と、やって来た三木太郎も目を丸くしている。

「何だか……いやな予感がする」

と、藍は言った。

列車は、鉄橋のちょうど真中に停っていた。

「――何の音？」

列車は停っているのに、全く違う、低く唸《うな》るような音が近付いて来る。

「藍さん！　見て！」

と、真由美が叫んだ。

渓谷の奥から、水の壁が迫って来た。

高さは十メートル以上ある。なぜか急激に水量がふえて、大波のように押し寄せて来た。

「大変！」

藍は太郎へ、「ガラスを割ります！　手伝って！」

と叫んだ。

「でも――何で？」

「真由美さん！　ブーツを脱いで」

「うん！」

あわててブーツの片方を脱いで藍へ渡すと、藍はブーツのかかとで、力一杯ガラスを打った。ガラスが割れる。

「武井さん！」

手を入れて、武井の肩をつかみ、激しく揺さぶると、武井はハッと目覚めた。

「あれ？　俺は……」

「列車を動かして！　早く！」

激流は迫っていた。

武井があわてて操縦桿《かん》を動かすと、列車は動き出した。

「早く！　急いで！」

鉄橋を渡り切った。

次の瞬間、激流は鉄橋の上をドッと流れて行った。

「危かった……」

と、藍は言って冷汗を拭《ぬぐ》った。

「何だったの、あれ？」

「分らないわ。でも、自然なことじゃないわね」

と、真由美は今になって青ざめている。

「いや、びっくりした」

と、武井が制帽を脱いで、「急にフッと目の前が暗くなったと思ったら……。起されるまで何も分らなかった」

「あのままだったら、この車両ごと、渓流に呑《の》まれてたわね」

「こんなこと……。どうしたっていうんだろう？」

と、太郎が呆然《ぼうぜん》としている。「やっぱり久美ちゃんのたたりかな」

「分りませんけど……」

と、藍は言った。「もしかしたら、私が呼び寄せてしまったのかもしれません」

「あなたが？」

「私は避雷針みたいなもので、霊を呼んでしまうこともあります。みなさんを危い目にあわせてしまったかも……」

「いや、あんな経験、めったにできん！」

「そうそう！　しっかりビデオに撮ったぞ」

客たちは、「怖い思い」をしたことで、却《かえ》って大満足の様子だった。

列車は無事に八木沢の駅に着いた。

「——帰りも乗る予定でしたが、あんなことがありましたので、こっちへバスを呼びますから」

と、藍は客たちに言った。

不満げな客もいたが、みんな常連客なので、藍の言うことには素直である。

八木沢町は、確かに倉原と比べると大きな町だった。

駅前にも商店街があり、人も出ている。

「――奥様」

と、武井が制帽を取って会釈《えしやく》した。

「珍しく遅れたわね」

と、辻野加奈子が言った。

白髪の老婦人は、相変らず凛《りん》として、誇り高く見えた。

「それが、奇妙なことがありまして……」

「奇妙なこと？」

と、加奈子が眉をひそめると、

「奥様、ごぶさたして……」

と、もう一人、やはり七十代と見える女がやって来た。

こちらは大分老け、疲れた感じで、身なりも貧しかった。

「染子さん。――具合はどうなの？」

と、加奈子が訊く。

「はい……。良くも悪くも……」

「でも、良くはなさそうよ。ちゃんと病院へ行かないと」

加奈子の口調は、冷ややかだった。

「ありがとうございます……。旦那様の十七回忌はいつ……」

「あんたはもう関係ない人なんだから。出ることはないのよ」

「あの……」

と、藍は言った。「失礼ですが、染子さんとおっしゃいました？　もしかして、四十年前に行方不明になられた久美ちゃんの乳母だった方ですか？」

「さようでございます」

と、老女は頭を下げ、「私がお休みをいただいていたばっかりに、あんなことに……」

加奈子は、慰めようとしなかった。——おそらく、娘の事件には、染子も責任があると思っているのだろう。

「それで武井さん、奇妙なことって？」

と、加奈子が訊く。

武井と藍が、鉄橋での出来事を説明すると、加奈子は頰を染めて、

「まあ！　それじゃ、あなたがあの子を呼び出したの？」

「いえ、そういうわけでは……」

「町田さん――でしたね。ぜひ、あの子の髪飾りが見付かった山道へ一緒に行って下さい！」

「それは……」

「ぜひ！　あなたなら、あの子に何が起ったか、明らかにして下さるかもしれないわ」

自分の言うことは絶対、と思い込んでいる女性である。

藍は少し考えて、

「――分りました」

と答えた。「でも、奥さん。真実を知ることが、いつも一番いいことだとは限らないんですよ。それをご承知おき下さい」

加奈子は少し戸惑った様子だったが、

「――充分承知しています」

と肯いて、「どんな真実でも、私は受け容《い》れます」

「では――」

と、藍は言った。「久美ちゃんが姿を消した黄昏《たそがれ》どきに、その場所へ着くようにしましょう」

「私も行く！」

と、遠藤真由美が主張した……。

4　夕暮れ

山道の日暮れは早い。

「たぶん、久美がこの辺を歩いていたのは、これくらいの時間でしょう」

と、加奈子は言った。

今、山道は幅も広く、舗装されていた。

結局、藍は、加奈子の年齢も考えて、自分たちのバスでここへやって来たのである。

当然、ツアー客も一緒。

それに、三木太郎と、照子も同行していた。

「――ここです」

と、加奈子が言って、ゆっくりと走っていたバスが停った。

「では降りましょう」

藍は立ち上って、扉がシュッと開くと先に降り立った。

みんなは降りて来ると、崖の方へ寄って、急流を見下ろしている。

「気を付けて下さい！」

と、藍は呼びかけた。

むろん、今はガードレールがついていて、転落する心配はない。

「あのころも柵《さく》があれば、久美は落ちずにすんだかもしれません」

と、加奈子は言った。

「——怖いわ」

と、照子が下を覗《のぞ》き込んで、「私、バスで通ったりするけど、ここから見下ろしたのは初めて」

「危いぜ。——まあ、ここで落ちたら助からないだろう」

と、太郎が照子の肩を抱く。

そこへ、

「だめ！」

という叫ぶような声がした。「退《さ》がって！　近付かないで！」

「まあ、染子さん」

加奈子がびっくりして、「あなた——歩いて来たの？」

久美の乳母だった染子が、よろけるような足取りでやって来た。

「はい……。八木沢から歩いて……」

「ひどい汗！」

と、照子が駆け寄って、「どこかに座って——町田さん、バスの中で休んでもらっても？」

「ええ、構いませんよ。ドライバーに言って下さい」

「いいえ」

と、染子は首を振って、「照子さん、ありがとう。私は久美さんの死に責任があるんです。ここにいなくちゃ」

「そんな……。たまたまご病気だったんでしょ。仕方ありませんよ」

と、照子が言った。

「ありがとう……。やさしいわね、あなたは」

染子は照子の手から離れて、崖を見下ろすガードレールの所へ行った。

「染子さん、危いですよ」

と、照子が追って行く。

「いえ……。大丈夫」

染子は大きく息をつくと、「ここから落ちたら……さぞ痛いでしょうね」

と、呟《つぶや》くように言った。

急に、暗さが増して来た。

「――藍さん」

と、真由美が言った。「何だか……」

「霧だわ」

藍はツアーの客たちへ、「皆さん！　バスの近くまで退がって下さい！」

と呼びかけた。

白い霧が、山の斜面から下って来た。

「これは……何なの？」

と、染子が言った。

「普通の霧じゃない」

と、太郎が言って、照子の手をつかんだ。

「藍さん――」

「真由美さん、離れて」

と、藍は言った。「私のそばにいると危い！」

霧は山道をスッポリと包んで、あの崖をさらに下って行った。

「これは？」

加奈子が当惑したように、「どういうことなの？」

「もしかすると……」

と、藍は言った。「過去を映し出すスクリーンのようなものかもしれません」

「過去を？」

「誰か来るわ」

と、真由美が言った。

山道を、足音が近付いて来た。

やがて霧の中に人影が浮かび上って来た。——小さな人影。

「まあ！　久美！」

加奈子は、身震いした。

「近付いてはいけません」

と、藍は加奈子を止めた。「これは幻なんです。近付けば空気が乱されて、幻も消えます」

七歳の少女は、辺りが暗くなったせいか、不安そうな表情で歩いて来たが、ちょっとびっくりしたように足を止めて、それからニッコリと笑った。

「誰かに会ったんだわ、ここで」

と、藍は言った。

少女が何か話しかけている。声は聞こえなかった。

少女は崖の方へスタスタ歩いて行くと、下を見下ろし、振り向いて手招きした。

そして——もう一度崖の下を覗き込んでいたが……。

少女の足下が崩れた。少女の体は滑り落ちそうになった。

誰かの手が伸びて、少女のスカートをつかんだ。だが、それもほんの一瞬だった。スカートが裂けて、少女の体は急斜面へと消えた。

「久美！」

と、加奈子が叫んだ。

やがて霧が晴れて行った。

「——あれは誰なの？　久美が話しかけていたのは」

「あれは、久美ちゃんが出会った人の記憶が映し出されたんです」

と、藍は言った。「ですから、本人の姿は映りません。でも、あの日、ここにいられた人は、今ここに一人しかいません」

染子が目を伏せて、

「奥様……。私です」

と言った。

「染子！　あなた、どうしてここに……」

「私は、あの日、少し気分が良くなって、お屋敷へ行ったんです。でも、近くまで行ったとき、久美さんが出かけるのを見て、どこへ行くんだろう、と……」

「どうして黙ってたの？」

「私が……突き落としたと思われるのが、怖くて」

声が震えた。「旦那様はきっとそう思われたでしょう」

「どうしてそんな……」

「染子さん」

と、藍は言った。「あなたが休んでいたのは、つわりのせいですね」

染子はハッと息を呑んだ。藍は続けて、

「染子さんは身ごもっていたんです。雇い主の子供を」

「まあ……」

加奈子は愕然《がくぜん》とした。「本当なの?」

「はい……」

と、染子は肯いた。「旦那様に力ずくで……。でも、妊娠したと分ると、旦那様は、ポンとお金を投げて、『これで始末して来い』とおっしゃって……」

「染子さん。——あなたは、久美ちゃんを殺そうと思ったんですね」

「はい……。何もかも与えられ、恵まれている久美さんに比べ、お腹の子が哀れで……。一瞬、久美さんを恨む気持になったんです。でも——できませんでした。あの無邪気な笑顔を見たら。私の乳で育てた久美さんですもの」

「あなたは……あの子を助けようとしたのね。ありがとう」

と、加奈子は言った。「でも——お腹の子は結局……」

「久美さんを死なせてしまった、という思いで、私は町を離れました。――よその町で、女の子を産み、その後、八木沢へ戻ったんです」

「じゃあ……その子は？」

「里子に出しました。初めの子もそうでした」

「ああ……。それで久美に乳をやってくれたんだったわね」

加奈子は肯いて、「じゃ、その子はどこに？」

「親子ですね」

と、染子は苦笑して、「あの子は、二十歳くらいになったころ、突然私を訪ねて来ました。――雇われた会社の上司の子を宿した、と言って」

「まあ」

「もう堕《おろ》せない状態でした。生れた私の孫を、私、倉原の駅に置いて来ました」

聞いていた照子が、

「え？」

と、目を丸くした。「それって――私のこと？」

「ええ。ごめんなさい。でもあの駅に置けば、久美さんのこともあって、きっと大事に育ててくれると思って……」

「じゃあ……私のおばあちゃん？」

「――ともかく、これで真相が分りましたね」

と、藍はホッと息をついた。「久美ちゃんは、いつか誰かが自分を捜しに来てくれると待ってたんでしょう。こういう物好きな霊感を持った誰かを」

「じゃ、あの激流は、藍さんへの歓迎の印だったの？」

「子供ですものね。手加減できなかったんですよ」

「じゃあ、うちの親父の死も、ただの偶然だったんだな」

と、太郎は言った。「正直、ホッとした」

「強情を張って、ごめんなさい」

と、加奈子は言った。「〈倉八木本線〉は廃線にして」

「でも、待って！」

と、真由美が言った。「この話が知れ渡ったら、あの線、有名になりますよ、きっと！　観光客を招《よ》ぶのにいいです」

藍は、それじゃまたここで〈幽霊ツアー〉をやらなきゃいけないじゃないの、と心の中で文句を言った……。

生れなかった子の子守歌

1　泣き声

いささか問題はあった。

何しろそこは「立入禁止」という札が立っていて、しかも門は閉《しま》ってもいたのだから。

しかし、塀はいたんでいて、方々で壊れており、野良猫が勝手に出入りしていた。

「猫が出入りしてるんだ。人間が出入りしてどこが悪い！」

〈すずめバス〉社長の筒見はそう言い張っていた。

しかし、本当ならそんな理屈はない。

「あの……くれぐれもお静かに」

と、町田藍は言った。「万一見付かると、不法侵入ですから」

観光バスのガイドが人の土地へ勝手に立ち入ろうというのだ。しかもツアー客を引き連れて！

「今日は日曜日だもの。大丈夫よ」

と言ったのは、このツアーの常連客の遠藤真由美。

「でも誰かはいるわよ。学校なんですもの」

――ツアー客、約二十人が町田藍について、ゾロゾロと塀の壊れた所から中へ入って来る。

この私立校は古いので敷地も広く、今、藍たちが入って来た辺りは、雑木林になっていた。

いやな気分だった。――町田藍は、社長命令とはいえ、ここに来たのを後悔していた。〈すずめバス〉は同業の〈はと〉と名前は似ているものの規模は大違いで、常に〈倒産〉という煮え湯の上で綱渡りしているかのような状態。

そんなとき、〈幽霊と話のできるバスガイド〉、町田藍がとんでもない企画のツアーをやらされるのである。

また、幽霊に憧れる――世の中、妙な趣味の人間はいるもので――常連客は、藍について来れば、そのうち本物に出会えると信じているのだ。

そして今日も今日とて……。

「――この奥の池ですね」

と、藍は言った。「静かに。あまり騒がずに、亡くなった村浜洋子《むらはまようこ》さんのご冥福《めいふく》を祈りましょう」

雑木林の中へ分け入って行くと、やがて池とも沼ともつかぬ、少し淀んだ水面が現われる。

ほとりに、いくつか花が置かれていた。

「生徒さんが置いたんですね」

と、藍は言った。

その池の周りに、ツアー客は散って行くと、写真やビデオを撮り始める。

こめかみの辺りが痛む。——藍はいやな予感がしていた。

遠藤真由美がそばへやって来ると、

「藍さん」

と、声をひそめて、「私にだけ、こっそり教えて。何か起りそうなんでしょ？」

藍は首を振って、

「来るんじゃなかったわ」

と、呟《つぶや》くように言った。

そのとき——池の水面にボコボコと泡が浮んだ。

「おい！　何か出て来そうだぞ！」

と、客の一人が目ざとく見付けてカメラを向ける。

一斉に全員の目が、その池の一点に集まった。

「藍さん……」

真由美も藍の腕に思わずすがって、「まさか死んだ人が――」

「遺体はちゃんと引き上げられて、お葬式も済んでる。浮び上ってくるわけないわ」

と、藍は言った。

泡はくり返しボコボコと浮んではははじけ、やがて――水面にビールびんらしい物がプカッと顔を出した。

「何だ……」

ホッとしたような、がっかりしたような空気が流れる。

――この池に身を沈めて、村浜洋子が死んだのはひと月ほど前。

この名門校〈K学院高校〉の英語教師だった村浜洋子は、独身の三十二歳だった。

遠く離れた産婦人科医に行ったのに、たまたまその医者が、教え子の親戚だったので、たちまち「村浜先生の妊娠」は学校へ知れることになった。

どこからどう噂《うわさ》が広まったのか、

「相手は学校の男子生徒だ」

という話がパッと広まり、週刊誌の記事になってしまったのだ。

村浜洋子は辞表を出し、そして姿を消した。

この池に彼女の死体が浮かんだのは、数日後のことだ。

そして――生徒たちの間に、

「あの池の周りで、赤ん坊を抱いて歩いてる村浜先生を見た」

という話がひそかに囁《ささや》かれ始めた……。

その噂を、また同じ週刊誌が記事にした。

「これだ！」

と、社長の筒見が、それを読んで早速このツアーを企画したのである。

人の不幸を飯の種にする、というのは週刊誌やワイドショーも同じだが、バスガイドの仕事に誇りを持つ藍としては、それと同レベルのこういうツアーはやりたくなかった。

しかし、社長命令とあれば、従わないわけにはいかない……。

「――皆さん」

と、藍は静かに言った。「そろそろ引き上げませんと、〈K学院〉の方に見付かってしまいます」

「でも、せっかく来たんだ。もう少し……」

と、不満の声が上る。

「お気持は分りますが……」

と、藍が言いかけたときだった。

池の周囲に白い霧が立ちこめて来たのだ。

「――藍さん」

と、真由美が藍の腕をつかむ。

「これは……」

霧は生きもののように藍の周りへ集まって来る。

まずい！

「皆さん！　池から離れて下さい！」

と、藍は叫んだ。「真由美さん、あなたも」

「藍さんと一緒にいる！」

真由美がしっかりと藍にしがみつく。

霧が二人を包んだ。

そして――何かが聞こえて来た。

「あれは……」

「赤ん坊の泣く声だわ」

と、藍は言った。

「幽霊？」

「さあ……」

霧の中に、人影らしいものがぼんやりと浮かんだ。

赤ん坊の泣き声がすぐそばで聞こえた。

そのとき、真由美が、

「アッ！」

と、声を上げ、お腹を押えてうずくまった。

「真由美さん！」

藍が急いで真由美を抱きかかえる。「どうしたの？」

「分らない……。お腹が――急に――」

真由美は苦しげに顔をしかめた。

そのとき、

「おい！　何をしてるんだ！」

という男の怒鳴る声がした。

すると、藍と真由美を包んでいた白い霧は現われたときと同様、アッという間に消えて行った。

「――もう大丈夫」

真由美は起き上って、「ああ、びっくりした」

藍は不安だった。しかし、目下のところは、こっちへやって来る背広姿の、禿《は》げた中年男の方が問題だった。

「君たち、何をしてるんだ！」

と、その男はツアー客たちを眺めて言った。

「お待ち下さい」

と、藍は進み出て、「〈すずめバス〉の者です。責任は私どもにあります。他の方々はお客様で、この敷地へ入ったのも、私の誘導に従われただけです」

「〈すずめバス〉？」

「こちらのガイドさんは、〈幽霊と話のできる〉有名な町田藍さんだよ」

と、常連客の一人が言った。

「そうそう。その人を責めないで下さい」

「何の話です？」

と、男はふくれっつらで、「週刊誌のでたらめな記事を読んで来たんですな？　全く、困ったもんだ」

「申し訳ありません。すぐ引き上げますので」

「私は〈K学院高校〉の教務主任、長江《ながえ》です。もう二度とこんな真似をされては困る」

「はい、よく分っております」

「今度、こんなことがあれば警察へ通報しますぞ」

長江という教師は、不機嫌ではあったが、あまり怒っている様子ではなかった。

「では皆さん、参りましょう」

と、藍は客たちを促《うなが》し、それから自分は池に向って手を合せた。

「――君」

と、長江が呼び止め、「名刺を持ってるかね?」

「はい」

と、藍は名刺を長江へ渡した。

「一応、いただいておく」

「失礼いたしました」

藍は、とりあえず〈K学院〉の敷地から出られてホッとした。

帰りのバスでは、

「あの霧は何だったのか」

という話で盛り上った。

藍は、何か重苦しいものが心に残って、やはり今日のツアーを後悔していた……。

2　苦悩

その日は普通の観光ツアーで、夕方には〈すずめバス〉の営業所に戻った町田藍だった。

「お客様よ」

と、ガイド仲間の山名良子が言った。

「はい」

営業所へ入ると、古ぼけたソファに、あの禿げた中年教師が座っていた。

「やあ、先日は」

「長江先生ですね。その節は申し訳ありませんでした」

と、藍は詫《わ》びた。

社長の筒見は外出して戻っていない。――藍は内心ホッとしていた。

筒見が長江をあの学校の教師と知ったら、何を言い出すか分らない。

「あの――何か始末書でも出せというお話でしょうか」

と、藍がおずおずと切り出すと、

「いや、そうじゃないのです」

長江はごくていねいに、「実は個人的にお話がしたくて」

「はあ……」

藍は着替えてから長江と営業所を出て、近くの喫茶店に入った。

「――あなたのことは、週刊誌の記事などを読んで来ました」

と、コーヒーを飲みながら長江は言った。

「大げさに書いてありますので」

「しかし、いくらかは事実なんですね？　つまり死んだ人間の霊と話せるとか……」

「誰とでも、というわけではありません。ただ、霊的なものを呼び寄せやすい体質だと言った方が——」

「なるほど」

長江は真面目《まじめ》に聞いている。「先日、あの池の所へ私が駆けつけたときですが、霧が出ていましたな」

「はい」

「あれは何かそういう……」

「おそらく。——霧の中で、赤ん坊の泣き声がしました」

「赤ん坊の？　しかし、村浜先生は子供を産んではいなかったが」

「あれは何だったのか、私にも分りません。ただ、普通の霧ではありませんでした」

「そうですか」

長江は少しの間、何か考え込んでいるようだったが、「——町田さん。これは個人的な話と承知しておいてもらいたいのですが」

「何でしょうか」

「村浜先生が、〈K学院〉の男子生徒と関係を持って身ごもった、という記事を読まれたでしょう」

「ええ」

「実は——私の息子が今、〈K学院〉の高校三年生なのです。村浜先生を慕っていて、あの事件では大きなショックを受けて、今、学校を休んでいます」

「まあ」

「むろん、息子と村浜先生の間にそんなことがあったとは思えませんし、当人も否定しています。しかし、父親としては真実を知りたい」

「分ります」

「どうですかな」

長江は藍をじっと見て、「あの池へもう一度来て、もし可能なら村浜先生と話してもらえませんか」

藍は思いもよらない話に、しばし言葉を失った……。


アパートへ帰って来た藍は、玄関のドアの鍵を開け、中へ入ろうとした。

「——藍さん」

突然呼ばれてびっくりする。

「真由美さん？」

遠藤真由美が、廊下の暗がりから出て来たのである。

「ごめんね、突然」

「いいけど……。ともかく入って」

藍はドアを開けた。「――さ、上って。ずいぶん待ってたの？」

「三、四十分かな」

「寒かったでしょう。――お茶でもいれるわ。お腹、空いてる？」

「いえ、大丈夫」

真由美はフワッとした大きめのセーターにスカートという格好だった。

「座ってて」

と、藍は言って、台所に立ったが――。

すすり泣く声がして、藍はびっくりした。

「――どうしたの？」

と、藍が訊《き》くと、真由美は涙を拭《ぬぐ》って、立ち上った。

そして、真由美はセーターを脱いだ。

「真由美さん……」

藍は、真由美がスカートを足下《あしもと》に落とすのを、呆然《ぼうぜん》と眺めていた。

「そんな……」

藍は息を呑《の》んだ。

真由美のお腹は、見た目にも分るほどせり出していた。

「藍さん。私、妊娠するようなことしてないわ。本当よ」

「分ってる」

藍は肯《うなず》いて、「こんなに急に大きくなるなんてこと、あり得ないわ」

「信じてくれる？」

「真由美さん……。この間のツアーね」

「あの池のほとりで、白い霧に包まれたとき、お腹に何かが押し込まれるような痛みがあったの。あのときはそれで治ったんだけど」

「あれから三週間ね。――何てこと！」

「私、どうしたらいい？　幽霊の子を産むの？」

心細げな声を出す真由美を、藍は抱きしめた。

「本当なら私がそうなるところだったんだわ、きっと。一緒にいたあなたが……」

藍はため息をついて、「ごめんなさいね。あなたを守る役目なのに」

「そんなことといいの。でも、このままじゃ……」

「何とかしなきゃね」

藍は真由美の肩をやさしく抱いて、「服を着て。――お宅には？」

「言えやしないわ。何とか隠してるけど……。これ以上大きくなったら、隠し切れない」

「そうよね。――私がお母様に話しましょうか?」

「でも、そんなことが分ったら、二度と〈幽霊ツアー〉に行かせてくれないわ」

「それどころじゃないでしょ」

と、藍は苦笑した。

「これって――あの死んだ女性教師の?」

「私にも、もちろん分らないけど、たぶんそうでしょうね。池に身を投げて、彼女と、お腹の子と、二人の命が失われた。お腹の子に罪はない。せめて子供だけでも助けたい……。その思いが、真由美さんのお腹を借りようとしたのよ」

「でも……」

「超音波で診《み》てもらった方がいいわ。その中がどうなっているのか。――動いたりする?」

「いいえ、まだ感じない」

「明日にでも一緒に行ってあげる。でも――どうしたらいいのかしら」

さすがに途方に暮れる藍だった。

3　影

「やあ、久しぶり」

と、その青年医師は藍を見て言った。

「ごぶさたして」

と、藍は会釈《えしやく》した。「無理をお願いしてすみません」

「いや、お安いご用だよ」

佐山《さやま》という医師は椅子にかけて、「でも、超音波で見て欲しいのは君じゃないんだって？」

「ええ、一緒に来てる高校生の女の子なんです」

「何だ。てっきり君がおめでたなのかと思ったよ」

「私、まだ独身ですし……」

「珍しくないよ最近は。そのときはいつでも来てくれ」

「それより、連れの子を――」

「うん。じゃ、中へ入ってもらって」

佐山が看護師へ言いつけた。

藍は、やはり幽霊がらみのツアーに関連して、この若い医師、佐山を救ったことがある。

「佐山さん。実は、普通の妊娠じゃないんです」

と、藍は声をひそめて言った。「この間、例の〈幽霊ツアー〉をやったら、こんなことに……」

「へえ。それで僕の所へ？」

「秘密を守って下さると思って」

「そりゃもちろんだけど……。いらっしゃい」

佐山は、真由美を見て、「可愛い子じゃないか。——他の用事で一度おいで」

「佐山さん！」

「いや、冗談だよ」

と、佐山は笑った。「じゃ、超音波で診てみよう。制服は脱いで」

真由美は、佐山がまだ三十そこその若い男性で、しかもハンサムと来ているので、その前で肌着になるのを照れて真赤になった。

「——これは普通なら六か月くらいの状態だね」

佐山は真由美のお腹を見て言った。

「でも、たった三週間なんです」

と、藍は言った。

「妙な話だね。──さあ、横になって」

ベッドに横たわると、真由美のお腹を出して、

「さあ、気を楽にして。──超音波は少しも痛くないし、何も感じないからね。そこの画面に映るよ」

放射状に発射された超音波が、お腹の中のものを白い影として浮かび上らせる。

「藍さん！　そばにいてね」

と、真由美は手を伸した。「私、怖い」

「大丈夫。ずっとそばにいるわ」

藍は真由美の手を握りしめた。

「──何だ、これは？」

と、佐山は言った。

藍は画面へ目をやった。

何か白いものは映っている。しかし、形になっていないのだ。

「妙だな。もうこれだけの大きさになれば、子供の形をしてるはずだ」

「きっと別のものなんだわ」

「そうらしいね。しかし、何だろう？」

それは、何かモヤモヤとした白い塊《かたまり》のようだった。

「藍さん、どう？」

真由美は怖くて目をつぶっていた。

「赤ちゃんじゃないわ。よく分らないけど……」

藍は画面に目をこらして、「――佐山さん、もう一度やってみて下さい」

「どうかした？」

「何か……見えるような気がしたんです」

「そう？　――ああ、そうだね」

白い塊はやがて白黒のまだら模様のようになって来た。

「これって……まさか……」

藍は目をみはった。「この画面、プリントして下さい」

「分るのかい？」

「ええ。――分ると思います」

と、藍は肯いた。

佐山がプリントした画像を眺めて、

「さっぱり分らないけど……」

「ええ」

藍はそのプリントを受け取って、「こう見るんです」

と、逆さにした。

「藍さん、何だったの？」

「これは──記憶だわ」

「記憶？」

「村浜洋子さんの中に残っていた、最後の記憶。それをあなたの中へ送り込んだのよ」

「どんな記憶？」

「それは──これから訊《き》きに行きましょう」

と、藍は言った……。

呼出し音がしばらく続いてから、向うが出た。

「もしもし、長江でございますが」

と、少し用心しているらしい女性の声。

「長江さんの奥さんですね」

と、藍は言った。

「どちら様ですか？」

「私、ご主人ととても親しくしてる女です。お分りでしょ？」

「さっぱり分りません」

と、冷ややかに、「切りますよ」

「どうぞ。ご主人のスキャンダルが学校へ知れることになりますよ」

公衆電話のボックスから、藍は電話していたのだ。

「脅《おど》すつもりですか？」

「いいえ、ご相談したいんです。ご主人と仲良く撮った写真をね、奥さんに買っていただきたくて」

「そんないい加減なことを——」

「嘘《うそ》だとお思いなら、おいでになって、ご自分の目で確かめて下さい」

しばらく向うは黙っていたが、

「——どこへ伺えば？」

と、無表情な声が言った。

「駅前に〈N〉って喫茶店があるわ。そこで待ってる」

「分りました」

——電話を切って、藍は電話ボックスから出た。

「藍さん、何をするの？」

と、真由美が訊いた。

「心配しないで。本当に脅迫するつもりはないから」

藍は、その一軒家の玄関を、離れた所から眺めていた。
五、六分して、せかせかと女性が出て来て、通りかかったタクシーを停める。
「あれが長江小百合《さゆり》さんね」

「あのときの教師の？」

「奥さん。これで駅前まで行って、誰もいないので戻って来るとしても二十分はかかるでしょ」

藍は、〈長江〉と表札のかかった家の玄関へ来ると、

「ちょっと失礼」

と、ドアを開けた。

「鍵は？」

と、真由美が目を丸くする。

「先にこの鍵に細工して、かからなくしておいたの。入りましょ」

「不法侵入だよね」

「もちろんよ。でも、真由美さんのお腹にも『不法侵入』したわけだもの」

「あ、そうか」

中へ入って玄関を上ると、

「たぶん二階ね」

「どこに行くの？」

「長江先生の息子の部屋」

藍は階段を上った。狭苦しくて、急な階段である。

「――ここかしらね」

藍はドアをノックした。

少しして、中から、

「母さん？」

と、男の子の声がした。

「お邪魔するわよ」

藍が入って行くと、ベッドに寝転《ねころ》がっていた少年がびっくりして飛び起きた。

「誰だよ！」

「村浜洋子先生の亡くなった事情について調べてるの。長江一郎《いちろう》君ね？」

「そうだけど……」

少年は不安げだった。

「亡くなった村浜洋子先生のことを訊きたいの」

「村浜先生のこと？」

「ええ。――あなた、村浜先生のお腹にいた子供の父親？」

それを聞いて、長江一郎は顔を赤く染めて、

「とんでもない！」

と、きっぱりと言った。「先生はそんなことする人じゃない」

「じゃ、週刊誌の記事は？」

「でたらめだよ！　どうしてあんな……」

「でも、村浜先生のこと、好きだったの？」

「それは……確かに」

と、目を伏せて、「そりゃあすてきな人だったんだ」

「残念だったわね」

「あんた、誰？」

「私は町田藍。〈すずめバス〉のバスガイドよ」

「町田藍だって？」

と、一郎は面食らったように、「あの、〈幽霊と話のできるバスガイド〉？」

「よくご存知ね」

「じゃあ、村浜先生と会ったの？」

「会ったと言えるかどうか……。これから会いに行ってみようと思うの。――一緒に来

る？」

と、藍は言った。

4　恋心

日は暮れかけていた。

「寒い」

と、真由美が首をすぼめる。

「大丈夫？」

「ええ」

藍は、〈K学院高校〉の中へ、再び入り込んでいた。

真由美と長江一郎も一緒である。

「あの池に行くの？」

と、一郎が訊いた。

「そうよ。あそこに、まだ村浜先生の魂がとどまってる」

藍は、もうずいぶん暗くなった雑木林を奥へと分け入った。

池は、まるでそこだけ時間が止ってしまったかのように静かだった。

水面も、波一つなく、まるで足を踏み入れたらその上を歩けるかと思うほど滑らかだった。

「あなたたちは少し離れて」

と、藍は言った。

「でも、藍さん、大丈夫?」

「たぶんね。――道連れを欲しがってないことを祈ってるわ」

真由美と一郎は、池から少し離れて茂みの中に身を潜めた。

藍は池のほとりに立った。

冷気が増して来る。吐く息が白くなった。

――来る。

身を固くして、待った。

霧が立ちこめて来て、やがて藍の周囲に集まって来た。

体の芯《しん》まで冷え込んで来る。

「村浜先生」

と、藍は呼びかけた。「お話があります。お願いです。答えて下さい」

白い影が、霧の中に現われた。

「村浜先生ですね」

と、藍が語りかけると、白い衣をまとった女性が目の前に立っていた。

「あなたは……この間もここに来た人ね」

と、遠い声が言った。

「はい。お騒がせしてすみません」

と、藍は言った。「でも、お願いしないわけには。――あのときの女の子を、元のように戻してあげて下さい」

「あれは誰だったの？」

「高校生の女の子です。身ごもったような体になってしまって……」

「その意味を――」

「はい、分っています。あなたの悔しさも」

「私は――何も口に出さなかった。一切を秘密にして、自分で子供を育てるつもりでした。それなのに……」

「残念でしたね」

と、藍は肯いた。「あなたは何を望んでおいででしょうか。復讐《ふくしゅう》ですか」

「いいえ」

と、その女は言った。「これ以上、命が失われることは避けたいのです。でも、真実を知ってほしい。少なくとも、罪を悔いてほしいのです」

「あなたを殺した人に、ですね」

と、藍は言った。

足音がした。

「──何をしてる！」

と、怯《おび》えた声がした。

霧が薄れて、そこに立っている長江の姿が見えた。

「あんたか……」

と、藍を見て、「村浜先生に会いに？」

「はい」

「それで──会えたのかね」

「今、そこにおいでです」

「何だって？」

「あなたには見えないでしょう。でも、そこに立っておいでです」

「どこだ？　どうして見えないんだ？」

長江は空を手探りして、「お願いだ！　出て来てくれ。僕の前に現われてくれ！」

「長江先生」

と、藍は言った。「村浜先生の恋人は、あなただったんですね」

長江はよろけるように池の方へ近付いて、ガクッと膝をついた。

「本当のことを……言おうと思った。でも、彼女は私を止めて、言った。『あなたは自分の家庭を大切にして』と……」

「村浜先生は、その通りに、子供を産んで育てるつもりだったんですよ」

「何だって？」

長江は振り向いて、「しかし、ここで身を投げて――」

「違います。村浜先生は殺されたんです」

「殺された？」

長江はゆっくりと立ち上って、「待ってくれ。それじゃ……」

藍は木立ちの方を振り返って、

「私のことも、池に沈めるつもりですか、奥さん？」

と言った。

現われたのは、長江の妻だった。

「小百合！」

「ええ、あなたも沈めてやる。家を守るためなら、やるわ」

と、小百合は言った。

「――これを見て下さい」

と、藍は、あの超音波診断の画像をプリントしたものを取り出した。「よく見れば、この白黒のまだら模様が、最後に村浜先生の見たもの――首を絞める小百合さんの顔だと分ります」

長江がそのプリントを見て、

「小百合……。悪いのは俺だ。どうして村浜先生を――」

「許せるもんですか！」

と、小百合は言った。「あなたを誘惑した女を。二度でも三度でも殺してやる」

「馬鹿なことを……。俺が悪かったんだ。今までだって、女とは色々あった。分ってるじゃないか」

「でも、子供まではいなかった。そうでしょ？　あの女は、あなたの子を産んで育てる、と言い放ったの。一郎以外にあなたの血を引いた子がこの世にいるなんて、許せなかった！」

ガサッと茂みが音をたてた。

「――一郎！」

小百合が息を呑んだ。「どうしてここに？」

「母さん……」

一郎は青ざめた顔で、「ひどいことをして……」

「何を言ってるの！　あなたのためよ。私は家庭を守ったのよ」

「人を殺して？　そんなことで、守ったって言えるの？」

一郎は藍の方へ、「村浜先生は、まだいるんですか？」

「ええ、そこに」

「じゃ、僕が母さんの罪を償《つぐな》います！」

と言うなり、一郎は池に向って駆け出すと、水しぶきを上げて飛び込んだ。

「――一郎！」

小百合が立ちすくむ。

「大変だ！　おい、一郎！」

長江が池へ入ろうとする。

「大丈夫です」

と、藍が止めた。「一郎さんは死にませんよ」

「しかし沈んでしまった……」

「大丈夫です」

水面に泡が現われて消えた。そして、ザッと水をかき分けるようにして、一郎の体が池から現われると、静かに滑って来た。

「これは……」

「見えないでしょうが、村浜先生が抱き上げて来たんですよ」

一郎の体は地面に下ろされた。

「一郎！　おい、しっかりしろ！」

長江が抱き起すと、一郎は咳込《せきこ》んで、

「父さん……」

と言った。「先生に――村浜先生に会ったよ！」

「そうか……」

長江は濡《ぬ》れた息子の体を抱きしめて、「すまなかった」

と言った。

小百合は地面に座り込んで、

「こんなことが……」

と、呟くように言った。

そして小百合はその場にうずくまるようにして泣き出した……。

藍は、村浜洋子の方へ、

「先生。あなたのことは誰もが忘れませんよ」

と言った。

「ありがとう」

と、村浜洋子は微笑《ほほえ》んで、「あなたに会えて良かったわ」

霧が空に溶けるように消えて、村浜洋子の姿も薄れて行った。

「あの――」

と、藍は呼びかけた……。

「藍さん」

真由美が出て来て、「お腹、元に戻った！」

「良かったわね」

「妊娠はまだ当分先でいいや」

と、真由美は言った。

「お邪魔します」

と、藍はまた〈K学院〉の中へと入り込んで、待っていた長江に挨拶《あいさつ》した。

「ようこそ。――皆さん、入って下さい」

ゾロゾロとツアーの客たちが入って来る。

「また来ちゃった」

と、真由美が藍にウインクして見せる。

「こりないい子ね」

と、藍は笑って、「さあ、池の方へ」

と、先に立って池へと向った。

黄昏《たそがれ》どきの池は、どこかふしぎな静寂に包まれていた。

「今日は何か起るのかね？」

「ええ、たぶん」

と、藍は肯いた。「少しお待ち下さい」

やがて日が落ちて、暗がりが広がり始めると、池の表面に霧が立ちこめて来た。

やがてそれは池の中央に集まった。

「――人の形になった！」

と、声が上る。

それは一瞬、白い衣をまとった女性の姿となって、フワリと宙に浮かんだ。

そして四方へ散るように消えてしまった。

「――凄《すご》い！」

「撮ったぞ！　ビデオでしっかり撮った！」

ツアー客たちは大喜びである。

「藍さん」

と、真由美が言った。「打合せしてあったの？」

「村浜先生に頼んだのよ。――〈すずめバス〉のためだものね」

そのとき、どこからともなく、赤ん坊の泣き声が聞こえて来て、誰もが静かになった。

藍は手を合せて、

「ありがとうございました」

と、そっと呟いたのだった……。

解説

小《お》椰《なぎ》治《はる》宣《のぶ》

小説の面白さは、短編で味わうのも又格別である。とりわけ、小説の切れ味を体感するには、優れた短編こそふさわしい。芥川龍之介の作品に魅かれて文学の世界に足を踏み入れた私にとっては、ミステリーに関しても短編で手腕を発揮する作家への愛着が深いようだ。

赤川次郎との最初の出会いも短編であった。第一五回オール讀物推理小説新人賞受賞作「幽霊列車」である。三毛猫ホームズ誕生の二年前、今を遡ること三十六年、一九七六年のことだ。ローカル列車から乗客全員が消失してしまうという怪事件を警視庁捜査一課の宇野警部とともに、みごとに解決したヒロインが女子大生の永井夕子。この永井夕子を主人公として、著者初のシリーズ作品が生み出されることになったわけである。この永井夕子をメインキャラクターとしたシリーズは、一話読み切りの連作短編の形をとっている。もちろん、赤川次郎は、デビュー直後から『マリオネットの罠』(一九七七)や、三毛猫ホームズシリーズ第一作にあたる『三毛猫ホームズの推理』(一九七七八）など質の高い長編も同時並行的に生み出しているが、作者が創造した数多くのシリーズものは、連作形式のものが主軸となっている。

オールマイティの作者を短編型か長編型かに区別することにあまり意味はないが、あえて言えば、赤川次郎は短編型の資質という点では、わが国の（あるいは世界のと言い換えてもいいと思うのだが）エンターテイメント小説界の中でも稀有の存在ではなかろうか、と私は常々思っているのである。

その裏付けを少々データで示してみよう。赤川次郎が、オリジナル著書五〇〇冊に達したのは、二〇〇八年のことだ。デビュー三十二年にして五〇〇冊、年間一六冊、一か月に一・三冊平均で著書を出版しつづけてきたことになる。おそらく、これだけのペースで三十年間コンスタントに執筆し続けた作家は、後にも先にもいないであろう。しかも、今も著作は増え続けているのだ。なぜ、これほどに書けるのか。しかも、それらが読まれ続けるのか。これは大いなる謎である。

さて、私が話題にしたいのは、この五〇〇冊の内訳である。そこから、赤川次郎という作家の本質が見えてくるのではないか、そう考えたのである。

まず冊数として多いのは、やはり長編である。五〇〇冊中、三〇六冊（六一・二％）を占める。残りの一九四冊の内、「短編集」が一八〇冊（三六％）、エッセイ集が一四冊（二・八％）である。この短編集の中には、ショートショート集（四冊）と連作短編集が含まれている。注目すべきは、連作短編集である。その数は、なんと一四〇冊（二八％）にのぼる。一冊に短編が五編収録されている（厳密には調べてはいないが）とすると、七〇〇編である。連作以外の短編集はショートショート集を除くと三六冊なので、そこに収められた短編数は、約一八〇編となる。したがって、短編総数は、八八〇編、これにショートショートを加えると、九〇〇編を超えることになろう。長編数も他の作家と比較すれば圧倒的に多いが、この短編数は想像を絶する。二〇〇八年の時点でこの数字なので、一〇〇〇編を超えるのも間近い（あるいは、正確に数えると超えているかもしれない）はずである。

ショートショートの神様、星新一がかつてショートショート一〇〇〇編を達成したときには永遠に破られることはないであろうと思ったものだが、赤川次郎の記録は、それに勝るとも劣らないものである。

私が、赤川次郎を短編型の資質を有する稀有の作家と評したのも、これで分かっていただけたものと思う。さて、本書が五冊目となる「怪異名所巡り」シリーズは、まさに、赤川次郎の本領が最も発揮される（と私が考える）連作短編の形式をとっている。本書の六編を含めると合計二十六編となる。今回この解説を書くために、一巻目の『神隠し三人娘』から全巻を読み通してみたのだが、ここで驚くべきことに気付かされた。読んでも読んでも「飽きる」ということがないのだ。

大手の観光バス会社をリストラされて弱小の〈すずめバス〉にガイドとして再就職した町田藍《あい》が、「幽霊体験ツアー」にお客を案内すると、藍の特殊な体質が幸い（？）して本物の怪奇現象を呼び起こしてしまう――というパターンは二十六話のいずれもほぼ同じなのだが、にもかかわらず、常に新鮮なのである。なぜなのか？　一つは、簡潔さである。ユーモアを基調とした作品にあっては、つい筆が滑りがちになり冗長さが伴うものだが、作者の筆は程よく抑制が効いているために、読み心地が良いのである。テンポが良くて、切れのある楽器の演奏を聴いているようだ、と形容することもできる。

新鮮さを保っているもう一つの原因は、人物（幽霊も含めて）の描き方にある。登場人物の特徴を作者の筆がダイレクトに、しかも細々《こまごま》と描くことは決してない。登場人物たちのセリフを通じて、読者にどのような人物かを想像させるのである。町田藍の場合でいえば、幽霊たちとのコミュニケーションによって、彼女の人物像が回を追うごとに次第に明確になっていくのだ。

例えば、本書に収められた「日陰屋敷の宴」の終盤、藍が幽霊を説得するシーンでの次のような会話がそれにあたる。

〈「私の邪魔をしたわね……」

「朝井さんを連れて行けば、きっと後悔します」

「あなたに分るもんですか！」

「愛は独占するだけのものではありません」

と、藍は言った。「分って下さい」

廊下に煙が満ちてくる。藍は咳《せき》込んだ。

「どうして逃げないの」

「あなたが分って下さらないと。――私が霊と話せるのは、死んだ人たちを慰めるためですから」〉

幽霊に対する藍の、こうした真剣な姿勢からも覗《うかが》えるように、作者は単なる興味本位、読者サービスで、幽霊を登場させているわけではない。彼らが姿を現わすには、必ずそれなりの理由がある。彼らの出現は偶然ではなく、必然なのである。その必然の根拠を突きとめることで、現代社会の不条理な部分や現代に生きる人々の醜い本性が、照らし出されてくる。本シリーズが、いくら読んでも飽きることのない、リアリティのある世界を構築しているのは、このあたりに秘密が隠されていそうである。

さらに、「新鮮味」が保たれている原因の一つと思われるのは、二十六話中、一つとして類似した物語がないことであろう。並の作家ならば、どう頑張っても三冊あたりが限界で、そのあとは、マンネリ化する。ところが、本シリーズでは、「あっ、またこの手の幽霊か」ということがない。バラエティ豊かな〈幽霊ツアー〉が、これでもかという具合に読者の前に提供されてくる。例を挙げれば、前巻『厄病神も神のうち』では、コンビニ幽霊ツアー、厄病神ツアー、幽霊同士のお見合い、幽霊にとりつかれた男、そして最後は藍の臨死体験という具合である。そして、本書を覗《のぞ》いてみると……。

「秘密への跳躍」バンジージャンプの最中に見た霧のスクリーンに映った映像は、現実のことなのか。人間の心が生み出した超常現象が、家族の崩壊を招いていく。

「愛と死の雨に濡れて」豪雨の中、突然道路上で倒れた男を藍が助けてみると、実は男物のコートを着た少女だった。交通事故で亡くなった恋人の遺した傘をさすと、彼の声が聞こえるというのだ。彼の死は、本当に事故だったのか……。

「日陰屋敷の宴」幽霊がたくさん棲《す》みついた家に、ツアー客を率いて訪れた藍だったが、そこで彼らを待っていたものは……。

「人形を呪わば」憎む相手そっくりの人形の足をねじったら、相手が骨折した。そして、心臓を針で刺したら……。「――憎しみは、憎んだ相手だけでなく、当人を毒していくのよ」という藍のセリフが心に響いてくる。

「暗闇本線の駅に立つ」不慮の事故で亡くなった七歳の少女の霊を、藍が避雷針のような役割を果して、呼び出してしまった。少女の事故の真相が、明らかにされたとき、もう一つの真実が……。

「生れなかった子の子守歌」藍の大ファンである高校生の真由実が、幽霊ツアーに参加した直後、妊婦のようにお腹が膨れ出した。そのお腹の中には何が……。

いかがであろうか。ほんのさわりだけを紹介したのだが、これだけでも私の言った「新鮮さ」と「飽きのこない面白さ」の裏付けとなったのではないかと思う。赤川次郎の稀有な才能が存分に発揮されている、連作短編の世界をじっくりと味わっていただきたい。必ず新たな「発見」があるはずである。

この作品は二〇〇九年九月、集英社より単行本として刊行されました。

集英社文庫

秘密《ひみつ》への跳躍《ちょうやく》 怪異名所《かいいめいしょ》巡《めぐ》り5

2012年9月25日 第1刷 定価はカバーに表示してあります。

著者 赤川次郎《あかがわじろう》

発行者 加藤 潤

発行所 株式会社 集英社

東京都千代田区一ツ橋2-5-10 〒101-8050

電話 03-3230-6095（編集）

03-3230-6393（販売）

03-3230-6080（読者係）

印刷 凸版印刷株式会社

製本 凸版印刷株式会社

フォーマットデザイン アリヤマデザインストア マークデザイン 居山浩二

ISBN978-4-08-746881-6 C0193